戦争はもう
NO MORE WAR!
いやだ!

――ギリシア少年が見たもの――

BITTER GREEK EXPERIENCES
FROM THE NAZI OCCUPATION
THE CIVIL WAR AND
OTHER STORIES

著者／パノス・カロス
訳者代表／川野美智子

溪水社

序文

この本に含まれる物語は、主にギリシアのナチ占領時代（一九四一―四四）と、それに続くギリシア内戦（一九四六―四九）に言及する編年史である。

これらの物語のいくつかは、少年時代に私自身がピンドゥス山脈（the Pindus mountains）とテッサリー平原（the plains of Thessaly）で経験した出来事に関係しており、個人的な経験と目撃したことから構成される。

物語の第一部におけるナチ軍隊の数々の野蛮な行為のなかで、最も突出したものは、わが小さき山間の村メソホラ（Messochora）を焼き尽くすのを目に当たりにした、トラウマを引き起こす体験である。

第二部は、ギリシア内戦（*Emfylios Polemos*）時代に関係する別の一二の物語から成る。私だけは辛うじて逃れる運命にあったが、内戦時代、共産党のゲリラ兵たちは、悪名高い大規模な国外追放（the *Paedomazoma*）を実行した。二万六千人のギリシアの子供たちが「鉄のカーテン」の国々へと追放されたのである。

これらの物語が、今日の読者たち、とりわけ第一部と第二部をお読みくださる読者たちにもたらすであろう「味わい」が、この出来事を経験し記録した著者にとって苦くあり続けるのと同じくらいに、苦いものとならないように望む。両者の経験から得る座右の銘は、「戦争はもういらぬ！」であるべきなのだ。

一六の物語から成る第三部は、さまざまな戦後の自伝的物語を含む。それらの大部分は、私の青年時代からの代表的な出来事やエピソードで構成される。そのなかには、大学の勉学を完了するための財政的苦闘についてのものや、いくつかの外国をまわった旅の話もある。「私がその街を見、その心を学んだ人々は大勢いた」と、著者は信じる。

第三部における物語は、消化を助ける料理のようなものとして、ここに加えられた。あるいはむしろ、デザートのようなものだ。ある意味、古代ギリシア・ローマ人たちが、悲劇を上演するときに実践したことに似ている。すなわち、重々しい作品のあとに、喜劇やサテュロス劇のような、いくつか軽めの小品をもってくるのだ。教訓と悲劇のカタルシスから恩恵を得たあと、観客が元気をなくしてではなく、豊かな気持ちで劇場を去ることができるように。

これらの物語はすべて、意図されて短い。「多すぎるのはよくない」、あるいは言い換えるなら、「少なければ少ないほど効果は増す」からである。さらに、古代の詩人カリマコス（Callimachus）を引用すると、「私は目撃したことだけを記録する」のだ。これはまさしくこの物語の著者自身が、なそうと努めたところのものである。

パノス・カロス

目次

戦争はもういやだ！

――ギリシア少年が見たもの――

NO MORE WAR!

BITTER GREEK EXPERIENCES
FROM THE NAZI OCCUPATION
THE CIVIL WAR
AND OTHER STORIES

第一部　ナチ占領時代の物語

第一章　イタリア軍によるギリシア侵攻

一九三〇年代の終わりに、ファシズムはまるで巨大な黒いタコのように、ヨーロッパにその触手を広げた。ドイツのヒットラー、イタリアのムッソリーニ、スペインのフランコ、これら三者はデモクラシーを完全に破壊し、暴虐な支配体制を打ち立てた。

一九四〇年一〇月二八日、イタリア軍をギリシアに入国させよというムッソリーニの最後通告をギリシアは拒否した。このときイオアニス・メタクサス（Ioannis Metaxas）首相は相手の傲慢な要求に、有名な「ノー」（Ochi）を宣言した。これと同様に、二五〇〇年以前、紀元前四八〇年に三〇〇人の兵士でテルモピュライ（Thermopylae同年スパルタ軍がペルシア軍に大敗したギリシアの土地）を守っていたスパルタ王レオニダス（Leonidas）はペルシアの太子クセルクセス（Xerxes）の、彼らの軍勢に屈服せよという要求を拒絶したのだった。レオニダスは、否定の答えを表すのにただ二ことの簡潔な言葉を使った。「モロン・ラベ！」（Molon Lave!）つまり「できるなら取ればよい！」

である。一方メタクサスはただ一言「ノー」と言った。このように歴史は繰り返す。
レオニダスの時代、古代の詩人シモニデス（Simonides）は、国を守って戦い、苦渋の終わりを迎えたスパルタ王と三〇〇人の勇敢で従順な兵士たちを称えて、有名なエピグラム（寸鉄詩）を書いた。

旅人よ、この言葉をレイクデーモン（Lakedaimon）の人々に持ち行け
ここに眠るわれわれは、人々がせよと言ったことを成し遂げた。

同様に一九四〇年、近代ギリシアの老吟唱詩人コスティス・パラマス（Costis Paramas）は、同じように短い警句の中で、ムッソリーニの装甲部隊に立ち向かうギリシアの人々を激励して述べた。

私はただこれだけをあなたがたに言わねばならぬ、もうよい、と。
あの昔の不死の酒を、再び飲めよ、と。

詩人は、一八三一年の独立戦争の兵士たちが持っていた精神に、ギリシア人たちが霊感を受けるよう激励していたのだ。
一九四〇年一〇月二八日の明け方、ギリシア側のイタリア軍入国拒否の後、イタリアはギリシアに宣戦布告をした。ギリシアの放送局は簡潔な言葉でこのできごとを告げた。

「イタリアの陸海空軍は、今朝五時半以降ギリシア・アルバニア国境のわが軍駐屯地を攻撃しています。わが軍はわれわれの父祖の地を防衛しています」。

その朝、国中にサイレンが音高く響き始め、ギリシア軍の総動員が始まり、国中に熱狂する戦意が広がった。部隊は侵略する独裁者ムッソリーニの軍勢と対決するため、北西に移動を始めた。

ピンドゥス（Pindus）山脈の女たちは、正規の軍隊の新兵と同じ熱意と民族の誇りを抱いていた。彼女らは進んで戦う兵士たちの食料や装備を集めたばかりか、ラバも辿るのを恐れるヤギ道や狭い登り坂を、弾薬を背に載せて運搬することもした。高齢の女性たちは家にいて兵士たちのために毛の靴下や手袋を編んだ。

そして奇跡は起こった。ムッソリーニの大軍隊は雪に覆われたアルバニア国境で敗北し、一〇〇人のギリシア兵によってこの国から追い出された。実は、イタリアの兵士たちが、父祖たちがその文明を取り入れ同化してきた、その時までは友好的だった国に対して戦いたくはなかった、ということだったのだ。イタリアの兵士たちが捕虜になったとき、彼らは故国に残してきた家族や愛する人たちの写真を感傷的な様子で見せてくれたものだった。二つの隣国の人々は、独裁者の誇大妄想を満足させるために、力ずくで紛争に巻き込まれたのだ。
当時「勝利の歌姫」ソフィア・ヴェムポ（Sophia Vempo）は、戦う兵士たちを激励し、ムッソリーニを風刺して、ポピュラーソングのひとつで次のように歌った。

新しいナポレオンは
空腹の兵士の師団を
山々に送り込んでいる
その結果彼らは災厄に遭い
わが軍は大量の人質を集めている

四年にわたる枢軸国（独・伊）のギリシア占領（一九四〇―四四）の間、極悪非道な戦争犯罪が、ナチ軍隊によってギリシア市民に加えられた。ギリシアの死者総数は四〇万七千に昇った。これら犯罪のなかのいくつかを次に続くページで述べよう。

第二章　アクロポリスの上のカギ十字（訳註1）

イタリアの屈辱的な敗退の後、ヒトラーは怒り狂って、ドイツ国軍にギリシア・ブルガリア国境を通ってのギリシア攻撃を命じた。そして五か月ばかりあと、一九四一年四月にドイツの侵略は始まった。しかしギリシア・ブルガリア国境に沿ったルペル（Rupel）要塞によって、ギリシア防衛軍は英雄的な抵抗を強めた。ルペルはギリシアのマジノ線（対独防衛線として一九二七—三六年にフランスが構築した国境要塞線）であった。

前線の攻撃を指揮したドイツ軍のボーム将軍（General Bohme）は、ギリシアの守備隊が三〇〇人のドイツ軍兵士を捕らえたとき、これを信じることができなかった。このため彼はギリシアの指揮官に、このように勇敢な軍隊が枢軸国に与せず、敵であることは残念だと話した。

ドイツ軍のある大佐は、ギリシアの火砲が彼の連隊をなぎ倒した戦場を見たとき、砲撃を指揮したギリシアの士官に会うことを求めた。この士官は若くてひげもない中尉で、「気を付け！」の姿勢をとっていた。二人が殺戮の野に到着し、血塗られた大地の死体を見たとき、大佐は死者たちを指してギリシア士官に言った。「中尉、この惨状はあなたがしたことだ。半時間で、あなたは私の四〇人以上の部下を殺した。おめでとう！」そして彼は若い士官の手を取った。士官は、この人間味の無さと軍人精神の発露に身震いしないではいられなかった。（註1）

サロニカのギリシア軍司令官は、抵抗の継続は無駄であり、さらに一層の血を流すことになると考えて、降伏を決めた。するとドイツ軍はギリシア国土に侵入し、アテネまで軍を進めた。しばらくして、ラジオ・モスコウはギリシア国民に呼びかけるメッセージの中でこう述べた。
「あなた方は武装せず、武装した軍隊と戦って勝利しました。あなた方は小さいが、力ある軍勢と戦って勝利しました。あなた方がギリシア人でなければそれは不可能でした。ロシア人として、人間として、われわれはあなた方の犠牲を通して、自分たちの身を守るべき時を知りました。われわれはあなた方に感謝します」。
一九四一年四月二七日に、ナチの軍隊は長い砲口を具えた重戦車でアテネに到着し、やがて彼らのカギ十字はアクロポリスの上に翻った。約一か月後の五月三〇日、マノリス・グレゾス（Manolis Grezos）とラキス・サンタス（Lakis Santas）という二人の勇敢なギリシアの学生が、警護されたアクロポリスの聖なる岩の上に、危険を冒してこっそりと登り、カギ十字を引き裂いた。（註2）
二人の若者は被告不在裁判で死刑判決を受けた。ナチ占領軍はほとんど一年後苦労してグレゾスを逮捕した。かれは収監され、拷問を受けたが、どうにか逃亡した。かれは次にイタリア軍に再逮捕されたが、また逃亡した。グレゾスは、左翼の政治的信条のため、悲しいことにギリシア当局によりエーゲ海の人里離れた無人島に流刑に処せられた。のちにギリシアの政治が安定し、選挙が公布されたとき、グレゾスは共産党の候補者のために奔走し、ギリシア国会のメンバーに選ばれた。彼は今日（二〇一二）までその職にある。

グレゾスの友人のラキス・サンタスは、始まったばかりの国民自由戦線（ＥＡＭ）とゲリラ部隊（ＥＬＡＳ）に参加した。彼らはギリシアのさまざまな場所で枢軸軍と何度か戦った。占領ののち、彼はまた左翼の信念のためエーゲ海のイカリア、シッタレイア、マクロニソス諸島（Ikaria, Psittaleia, Makronissos）に国内流刑となった（一九四六―四八）。のちに彼は何とか逃亡を果たしてイタリアに亡命した。彼はそこからカナダに移住し、その地で政治的一時避難を許された。サンタスは一九六二年までカナダで暮らし、故国に帰って二〇一一年に亡くなった。これら勇敢な二人の若者たちグレゾスとサンタスは、反ナチの英雄として国際的に知られるようになった。二人は、ギリシア人だけでなく全ヨーロッパのナチスに虐げられた多くの国民を元気づけ、励ました。彼らの功績は、愛国的な行動にあったばかりでなく、並みはずれた勇気ある大胆さにあった。

訳註1　ハーケンクロイツ。古代よりいろいろな宗教により、また家紋としても使われてきた「まんじ」だが、二〇世紀以降ドイツで民族主義運動のシンボルとされ、一九二〇年ナチスが党のシンボルに。一九三五年にはドイツが国旗に採用した。ためにナチズムやネオナチのシンボルとも見なされることが多い。

註1　Christos Zalokostas, *Rupel*. Athens, 1945. pp.84, 85.（この書はギリシア語と英語で出版された）

註2　Solon N. Gregoriadis. *History of Modern Greece 1941-74*, Vol 1. Athens, 2011, pp.127-128（ギリシア語）

第三章　コメノ（Kommeno）村の虐殺

アルタ（Arta）の小さな平原はオレンジの栽培で知られている。汁気たっぷりの黄金の果物はギリシアの多くの市場で売られ、大量に海外に輸出される。アルタの町の一二キロぐらい南に、コメノの平和な村がある。この村は、カンダノス（Kandanos）とカラヴリタ（Karavryta）とともに、一九四三年八月ナチス軍によって起こされた残虐な戦争犯罪、真の集団殺戮の犠牲となった。

この地方の祭の一日後、八月一六日の明け方、村人たちがまだ眠っている間に、銃と手りゅう弾の修羅場がまだ床の中にいる罪もない人々を殺し始めた。殺戮のあと、ゲリラ部隊に食料を与えていたことへの仕返しとして、村全体に火がつけられた。

約一二〇人の重装備をしたナチスの兵士たちが、ゲビエルグ（Gebierugs）第一師団、第九八連隊の指揮官であった陸軍中佐ヨゼフ・ザルミンゲル（Jopseph Salminger）によって与えられた命令に従い、その村を地図から抹殺した。作戦はローザー（Roeser）とコビサック（Kovisack）という二人の中尉の指揮下の一一二人の部隊によって実行された。一方、クレーベ（Klebe）少佐はこの破局の立会人であった。ナチス軍は、コメノの住人がパルティザン（労働者・農民などで組織された非正規軍）に食料や物資を与えていたことを知らされていたので、この村を一掃することで仕返しをしたのである。事実ザルミンゲルはそれに数日先立つ調査旅行でコメノに着き、マシンガンを持ったパルティザンが村の広場のカフェに座っているのを見た。大佐の運転手はたいへん恐れて、車は道路を外れ、溝に落ちた。村人たちはこれを助けるために急いで出てきて、車を持ち上げ元に戻した。ドイツ人たちは無傷で車に乗って立ち去り、それで終わりだった。後日村は攻撃され、村人達は虐殺されたのである。

コメノの虐殺では犠牲者は三一七名を数えた。この中の一一九人は女性で、九七人はこどもだった。教区牧師のランブロス・スタマティス(Lambros Stamatis)は聖書を持ったまま殺され、別の牧師ゾイス・パパス（Zois Pappas）は虐殺され、両眼は銃剣でえぐられているのが見つかった。若い妊婦は殺されて横たわり、腹部は開かれて胎児が垂れさがっていた。人道に対する忌まわしい犯罪である。北方の野蛮人たちヴァンダルスとハンス（The Vanndals & Hans 四・五世紀にガリア・ローマなどを略奪したゲルマン民族）が平和な国に侵略し、市民や赤児や老人を無慈悲に殺したことがあった。おそらく彼らは兄弟のキリスト教徒を殺したキリスト教徒であった。そして問題は、これらの作戦を実行した兵士たちはヒロポン（中枢神経を興奮させる作用をもち、精神病状態を亢進させる依存性薬物）のような薬を与えられて、罪もない市民に対してこのような残虐行為をしたのだろうか、ということである。

しかしザルミンゲル自身は、自分の勝利を喜ぶほど長生きはできなかった。四五日後、一〇月一日の夜、彼はイオアニナからアルタへ行く道沿いのクレイソウラ（Kleissoura）で殺された。そのとき彼の車は、コツィオス・トリス（Kotsios Toris）指揮下のEDES（ギリシア民主民族連盟）のメンバーたちによって橋の上に置かれた電柱に激突した。皮肉なことにザルミンゲルは、次の日飛行機でドイツに行くことになっていたのである。しかしことわざがいうように、「人が提案し、神が決定する」。または聖書のことわざによれば、「もしあなたがナイフを使ったら、あなたはナイフを受ける」〈自業自得〉ともいう。バヴァリアの「英雄」ザルミンゲルは、頭を切り落とされ、このような高価な代価をコメノ虐殺に対して支払ったのである。二日後、復讐の鬼ランツ将軍（General Lanz）は、イオアニナでリンギアデス（Lynguiades）の焼き打ちを命じ、八二人の犠牲者を出した。

コメノの虐殺について、二つの情報源がもっとも確実である。第一の書はステファノス・パパスの『コメノの虐殺』である。この著者は、当時殺戮を生き延びた若者で、のちにニュールンベルグ裁判での生き証人として証言することになる。パパスはその著書の中でこう書いている。

「大量殺人の後で駆けつけたグレゴリオス（Gregorios）とエウスタシオス・コリオコチス（Eustathios Koliokotsis）は、従妹のアテナ（Athena）とテオドシア（Theodosia）を見つけた。彼女らは銃殺され、明らかにレイプされていた。恐るべき犯罪のもう一つの例は、七か月の二人の赤ん坊で、彼らは窒息して死んでいた。極悪人たちは、赤ん坊の口に石油に浸した綿布を詰め込み、それに非道にも面白がって火をつけたのである。第二教区の牧師ゾイス・パパス（Zois Papas）は、目をえぐり出され、刺殺されて見つかった。上記のような人間とも思えない非道・残虐のピークとして、私は聞いたこともない犯罪を記録する。レオニダス・ツィボウキス（Leonidas Tsiboukis）の妻パナギオタ（Panagiota）は、出産間近であったが、殺され腹を切り裂かれて、胎児はその横で死んで発見されたと、生き証人テオドロス・スタマティス（Theodoros Stamatis）は確言している」[註1]。

第二の資料の源は、ドイツの作家ヘルマン・フランク・マイヤー（Herman Frank Meyer）である。コメノ殺戮についての彼の本の中で、彼は生き残った数人の兵士たちにインタビューをした。彼らの一人、騎兵のアルベルト・ツィングラー（Albert Zingler）は、事件を思い出して言った。

「銃による轟音が終わったあと、圧倒的な沈黙が広がった。たいていの兵士たちは茫然とし、だれも作戦を認める者はいなかった。この出来事がおこるまで、私は、われわれの間に野獣のように行動するサディストがいることを実感しなかった。私は、自分の目で、死体を見て笑ったり面白がったりする兵士たちを見た。しかし大部分の兵士たちはショック状態で、深い悲しみにくれていた。彼ら一人一人は、少しの例外を除いて罪悪感を持っていた。結局われわれは単に上官の命令を遂行しているだけだという結論に至った。どんな職務上の命令への不服従も、厳しく罰せられたのだから」[註2]。

五時間ものあいだ、ナチの兵士たちは村の中で死と悲惨の行為を繰り広げた。彼らに対する銃声一発さえ聞こえないうちに、村はきれいになった。急いでボートに乗ろうとした若者たちは撃たれて沈んだ。これは挑発によるものではない攻撃だった。すべての作戦は罪もない市民たちに対する、挑発行為のない一方的な攻撃だった。卑怯な、無目的な行為であった。

しかし、真実をゆがめ、偽りを伝えて、軍の日報はこの事件を次のように書いた。

「ザルミンゲル師団の面々は、アルタ湾の北のコメノで強力な抵抗に出会った。村に対して放火し、多量の武器弾薬を破壊した。一五〇人の無法者が死んだ……」

この報告では、村の殺された住民三一七人が一五〇人に減り、それがすべて「無法者」であるとは！

村中が焼けた肉と布の臭いで悪臭を放っていた一方、ヨハネス・エセル（Johanenes Esser）は覚えている。ある軍曹はこの作戦についてたいそう怒って我を忘れ、レーゼル中尉（Lieutenant Roeser）の足元に軍帽を投げつけて言った。

「中尉、ぼくがこんなことに参加するのはこれが最後です。これは先例のない犯罪で、戦略とは何の関係もないとぼくは信じます！」

次の年、牧歌的であったコメノの村の焼け焦げたオレンジの木は、再び実をつけた。しかし黄金の実を摘んで味わう人は、老いも若きも、だれもいなかった。

註1　原著はギリシア語。英語表記は　Stephanos Pappas, *The Slaughters of Kommeno*, Athens, 1996.
註2　原著はドイツ語だがギリシア語に訳された。タイトルの英訳は　*Kommeno: Narrated Representation of a Wehrmacht Crime in Greece*, 1998, p.82.

第四章　「リンギアデス村は灰になった」

イオアニナ（Ioanninna　ギリシア北西部の都市）のドイツ軍第二二陸軍師団の指揮官ヒューベルト・ランツ将軍（General Hubert Lanz）が、一九四三年一〇月一日のザルミンゲル中佐に対するパルチザンによる殺害を知ったとき、彼は激怒して即座に緊急の指令を出した。

「私は、わが最良の指揮官の一人の、無法者たちによるこのおぞましい殺害にたいし、第一山岳部隊が報復することを期待する。殺害の場所から半径二〇キロ以内に情け容赦のない報復を適用すること」(註1)。

ランツは九月九日にその任についていた。部隊の司令官はウォルター・フォン・シュテットナー少佐（Major-General Walter von Stettner）で、約一か月前、八月七日に鉄十字章を与えられていた。

フォン・シュテットナーは、パルチザンに対して即座に行動を起こし、作戦計画を実行した。

アロイス・アイル少佐（Major Alois Eisl）の指揮のもと、多くの作戦が実施された。彼は、ザルミンゲルが殺されたクレイソウラの村と、ネオコラキ、メガルク、トウンダ（Neochoraki, Megarch, Tounda）を破壊し、そこで二〇人の民間人が殺された。

一〇月四日、アイル指揮下の関連する作戦は続き、ムリアナ、アモトポス、ラガトラ、アヴゴ、エトラキ、クリフォヴォ、テリアキス（Muliana, Amotopos, Lagatora, Avgo, Aetorachi, Kryfovo, Theriakis）とその他の居住地が破壊された。武装したパルチザンと村民の処刑が行われ、ザルミンゲルの死の仕返しとして、少なくとも二〇〇人の命が失われた。

湖とイオアニナ市を見下ろすミチケリ山（Mt. Mitsikeli）の斜面にある小さな古い村

リンギアデスに対する作戦は、一〇月三日、師団の第七九予備歩兵部隊によって行われた。この作戦の主役は、フォン・シュテットナー少将、アイル少佐、シュレッペル大尉（Captain shreppl）、ドデル中尉（Lieutenant Dodel）であった。この最後の男は、突撃隊グループをもって村を急襲し、大砲と迫撃砲の砲撃の直後に生き残っている人間を処刑した一人である。

この大虐殺から、パナジョティス・バブースカス（Panajotis Babouskas）という名の生後数か月の赤ん坊が生き延びた。彼は殺戮の二日後、母の胸から乳を吸おうとしているところで、死んだ母親の体の下で発見された。この子は背骨に損傷を負い、近くのグレヴェニティ（Grevinity）という村に送られた。そこでパルチザンたちはにわか作りの外科手術を行った。命は救われたが、何とか直立して歩くためにはさらに四年の歳月が必要だった。

一九七四年に出版された珍しい小冊子によると、ゾシマイア・アカデミー（Zosimaia Academy）の教師であり、当時フェルド・ゲンダルメリー（Feld Gendalmerrie）憲兵隊で通訳として勤めていたプールメンティス（Poulmentis）氏は言った。

「リンギアデスは、ヒトラーの友人であった大佐の殺戮の報復として破壊された。おそらくまたひとつにはビザニ（Bizani）近くの巡査部長の殺害のためである。二五日ないし三〇日後、トム・コヴィアック（Tom Koviak フェルド・ゲンダルメリーの長）と一人の軍曹と他に二人のドイツ人、みんなで四人だが、私を尋問のためリンギアデスに連れて行った。

「私たちは村に入って行ったが、そこにはだれもいなかった。すべては打ち捨てられていた。家々は黒い灰になり、みちに散らばった人骨が犬に食われていた。片隅には皮膚もなく乾ききった小さな子供の二つの頭が転がっていた。

「村全体に死臭がした。私はそれ以上進めなかった。そこにはいっそうすさまじい光景が広がっていたことだろう。コヴィアックは、ロリス医師（Dr. Lolis）の家の戸を壊し、中に入った。そこから彼はいくらかの毛織物を奪った。

「当時シュテットナーの山岳部隊『エーデルワイス』はこの地に駐留しており、彼は陸軍の司令官であった。コヴィアックは、後でわかったことだが、クロアチアで殺された（註1）」。

破壊されたリンギアデスの村はのちに修復され、神話の不死鳥のように灰のなかから再生した。今では毎年一〇月三日に村はこれら殺された人々を記念するために集会を開くが、そのときあのバブウスカス氏は名誉市民である。訪問客はみな彼に敬意を表し、彼と握手し、共感の言葉を交わすことを望んでいる。

二〇〇七年にギリシアにおけるドイツ国防軍の犯罪についての会議がミュンヘン大学で開催されたとき、バブウスカス氏と戦争を生き延びたその他の人々のグループがその場に招かれた。ミュンヘンにいる間に彼らはバヴァリアのミッテンヴァルト(Mittenwald)市長に会いに行くことを求めた。しかしヘルマン・ザルミンゲルは、あのザルミンゲル中佐の息子で当時その小さな市の市長であったが、彼らに会うことを拒んだ。ミッテルヴァルトはバヴァリア・アルプスの中の一千メートルのところに位置していた。そこは悪名高いゲビルクス(Gebirgs)第一師団(山岳師団)が最初に結成され、生き残りの老兵たちが毎年会合をもっているところである。

リンギアデスに対する作戦の結果、八二人が死んだ。そのなかで三四人が六か月から一一歳までの子供で、三七人が三〇歳から六四歳までの女性、そして一一人ばかりが七〇歳以上の老人だった。村の四三軒が残らず焼け落ちた。

これが犠牲者の真の数字であるのに、その師団のドイツ国防軍に対する月例レポートは、またもや真実をゆがめ、真実を偽っている。レポートの内容はこうである。

「リンギアデス村と高度計一〇一五と一二七七の地点から弱小な抵抗があった。五〇人の民間人が殺され、リンギアデス村は灰になった」。八二人という犠牲者の実数は五〇人に減らされ、それは故意に不正確になされたものである。レポートのなかで唯一真実の情報は、「リンギアデス村は灰になった」ということだけである。

註1　原著はギリシア語。著者とタイトルの英語表記は次の通り。Costas Papageorgiou, *Lyngiades, The Village Destroyed by the Germans*, 1947, pp.25–27.

第五章　元ドイツ兵の手紙

リンギアデス村焼失の四年後、一九四三―四年にイオアニナのナチ司令部に勤務していた一人の元ドイツ兵が、焼失した村の村長に一通の手紙を送った。当時の自分の日記を読み返して、ギリシアでの悲劇的な出来事を思い出したのだ。その災難を生き延びた僅かなリンギアデスの人々への思いやりに突き動かされて、彼は応報の女神ネメシスがまだ彼らを忘れてはいないことを伝えたいと思ったのだ。戦争犯罪に対するニュールンベルク裁判がすでに始まっていた。

元兵士が送った手紙は、ギリシア語で書かれていた。いくらか古風で聖書の言い回しを含んではいたが、ここにできるだけ正確に、その訳をお目にかける。

「一九四七年一〇月三日　　ドイツ・シェフトラーン（Schaeftlarn）にて

拝啓、私は自分の日記のなかで、四年前のまさしく今日この日にリンギアデス村がドイツ軍によって焼き尽くされたことを読んでいます。私は当時イオアニナのドイツ軍で、看護士・書記として働いていました。そして私は町を歩きながら、焼き打ちを見たのです。その日は日曜日でした。武器を持たない民間人に対するこのような暴行と不正を見て、私は非常に悲しく思いました。それからしばらくして一九四四年九月二三日に、私は仕事でリンギアデスに行きました。われわれは山に向かって発砲しましたが、人々の怖れに満ちた哀しそうな顔を今でも思い出すことができます。

あなたがたは、この年の七月、ギリシアと他のバルカン諸国で当時戦ったドイツの将軍たちに対する裁判がニュールンベルクで始まったことを知って、興味を持たれるでしょう。将軍たちは、殺戮、土地の奪取、男たちの誘拐、家々や村々の計画的な絶滅や焼き払いやその他の犯罪で告発されています。
告発された人々のなかにランツ将軍もいました。彼は当時イオアニナのアカデミーに駐在し、リンギアデスの消滅に責任がありました。しかし終局はまだ来ていません。結論が出たらまたお手紙を書きます。どうかこれをリンギアデスの人々に伝えてください。私はこの手紙に、裁判について書いたドイツの新聞の切り抜きを同封します。私の手紙を受け取られたらどうぞお返事を下さい。神が将来あなたと全ギリシアにこのようなことが二度と繰り返されることのないように、と切に希望いたします。お顔は存じ上げませんが、心からご挨拶申し上げます。

フェリックス・ブーリエール（Felix Bourier）」

ここに二つの疑問が起こる。第一に、ランツ将軍はどうなったか。第二に、ブーリエールの手紙に返事は来たか。

悪名高いナチのヒューバート・ランツ将軍について、法廷の手続きの結果エピルスとセファロニア（Epirus, Cefalonia）で彼が戦争犯罪を冒したことを、世界は知った。第二二陸軍部隊の指揮官として、彼は何百人という無防備なギリシア人とイタリア軍の「アッキ」（Acqui 鷹の意）部隊の四千人以上の兵士の処刑を命じた。これらとその他の罪状のため、ランツは一二年の禁固刑をいいわたされたが、彼はそのなかの三年しか刑に服していない。のちに裁判所が、かれは軍事顧問として役に立つと判断したためである。

ブーリエールが返事を受け取ったかどうかは疑わしい。焼きただれながら生き残ったリンギアデスの少数の住民のだれが、ドイツ兵の手紙にわざわざ返事を送るだろうか。当時のギリシアには、野蛮人でないドイツ人もいたということを、その手紙が証明したとしても。

第六章　メソホラの焼き打ち

一九四三年一一月一日を、私は生涯忘れることがないだろう。真夜中過ぎ、教会の鐘が激しく打ち鳴らされて、ピンドゥスの谷でぐっすり眠っていたメソホラ（Messochora）の村人たちを起こした。短い沈黙ののち、蓄音機のラッパのスピーカーから震える調子でつぎのように告げる声が聞こえてきた。

「メソホラ住民の皆さん、注意して聴いてください！　私たちの村は危険にさらされています！　間もなくドイツの軍隊が侵入してくることが予想されます。彼らはアルタからトリカラ（Tricala）に向かっています。しかしわが方のパルチザンが彼らをカマラで阻止しました。（表紙の写真参照）しかし私たちは命を守るために、村を撤退せねばなりません」。

恐怖と動揺が村中を覆った。子供たちは目を覚まして泣き叫び、老人たちは侵入者を呪い、ラバやロバは食糧や毛布を積み込むために連れてこられた。しばらくして教会の鐘がふたたび鳴り、医師のヤニス・ヴァレロイアニス（Yannis Valeroyiannis）の声が聞こえた。

「メソホラの皆さん、あなた方の大統領が語っています！　われわれは緊急の情報を得ました。イオアニナからやってきたドイツ陸軍師団の「エーデルワイス」部隊は、カマラ（Kamara）のアヘロス橋（Acheloos）のところでパルチザンによって阻止されています。無法者がここを通過することはないでしょう。しかしわれわれは侵入してくる異邦人に抵抗せねばなりません。銃をもって戦いたいと思う男たちはカマラのパルチザン部隊に参加すべきです。女たちは、子供や老人といっしょに村を捨て、命を守るために隠れねばなりません。身の回りのものを集め、教会や学校の前に集まり、隠れ処（かくれが）についての新しい指示を待ってください。忘れずに食糧を持ってきてください。ろうそくやたいまつを使ってはなりません。神が私たちを助けて下さいますように！」

半時間で、村全体が教会と小学校の外に集まった。何人かは食糧を積んだラバやロバを曳いてきていた。トウモロコシパン、乾燥豆、ジャガイモ、リンゴ、ナッツなど。鞍の上には鍋釜が載っていた。母親たちは腕に赤ん坊を抱き、小さな子供たちは母の服に取りすがっていた。丘を登って進んでいくとき、村中の者は暗闇のなかで息を抑えた。丘を登る悲しい行列は、ゴルゴタ（エルサレム近郊の丘。キリストが架刑された地）に登るメソホラの行列だった。ある者は約一六〇〇メートルの高さのイタモス（Itamos）の深い谷に隠れるよう導かれ、ある者はスコテイニ（Skoteini）の暗い森に隠れるように言われた。これらの隠れ処は村から約二時間の徒歩の距離にある。またある者はヴァカリ（Vakari）の村から流れ落ちる小川に隠れるために足を延ばした。（註1）

つまずいたり転んだりしながら、ぼくたちは他の家族といっしょに夜明けまでになんとかイタモスに到着した。途中でカマラの戦闘の叫び声を聞いた。曳光弾が見え、ぼくたち子供は、この出来事が壮観だと思った。それは同時に恐ろしくもあり楽しくもあった。野宿にふさわしい場所を見つけたあと、ついにぼくたちはその場所の木陰にキャンプすることにし、モミの大枝を切って避難所を作った。ぼくたちはそこに隠れて三日を過ごした。最初の日は火を焚くことを許されなかった。煙がぼくたちの居場所を洩らすからである。二日たてば食糧が乏しくなった。空腹の母親たちは、やっとの思いで授乳した。老人が先の曲がった羊飼いの杖を使って、球根を掘るのを見た。女のひとたちはブラックベリーを探していた。小川には新鮮な水がどっさりあったが、ぼくたちはのどが渇いているのではなく、空腹だったのだ！　二人の年配の男の人たちが話しているのが聞こえた。ぼくは僅か六歳だったが、一人が言ったのを覚えている。

「人は水なしでは生きられないが、食物なしで四〇日生きることができる」。

ぼくはそれが慰めにすぎないと思った。ぼくはひたすらこの場所にそれ以上いなくて済むことを願った。

次の日、ドイツ軍の「エーデルワイス」師団の第七九連隊がぼくたちの町に入り、カマラでのパルチザンの抵抗の報復として村に火を放った。村は貧しくはあったが、村の家の八〇パーセントを焼き尽くし、学校までも焼いた！　唯一の例外は教会であった。彼らは歩くことのできないぼくたちの隣人を含め、三人の高齢者を殺した。レジスタンス・

リーダーのザロギアニス・カヴァラリス（Zarogiannis Kavaralis）の記憶によれば、カマラでの戦闘は、ドイツ兵一九人とギリシア人のパルチザン一二人の犠牲をかぞえた。(註2)

三日後村に帰ったとき、ぼくたちは目を信じられなかった。煙と木材を燃やした臭いがアヘロス川（The Acheloos）まで、村全体を覆っていた。ぼくたちは恐ろしい光景を見て震え上がった。至るところ灰と煙であった。ニワトリもブタもいなくなっていた。

同じ日の午後、教会の鐘がまた鳴った。こんどはあの夜ほど激しくはなかった。それはぼくたち生徒が学校に来るようにと呼んでいた。学校に着くと、学校はまだ燃えていた。巨大な炎が屋根の梁を食い尽くし、梁はパチパチと音を立てて崩れていった。床はなくなっていた。ぼくたちの机は骸骨のように見えた。何かを救うために走り込むとしても遅すぎた。

少し遅れて先生が到着した。先生は汚れたハンカチを取り出し、震える指で眼鏡を拭き、ぼくたち――ほんの一握りの生徒たちに向かって語り始めた。

「生徒の皆さん、呪いは去ったよ。ナチスは大破局を引き起こした。私たちは私たちの灰から再生しなければならない。神話の不死鳥のようにね。ギリシアは決して死ぬことはないのだ！ 今日の午後、私たちは、英雄的に抵抗して死んだ一二人のパルチザンの墓に花を手向けに行こう。その人たちは、カマラの向こうのメガラ・デンドラ（Megala Dendra）に埋葬されている。そこで私たちは歌を歌おう。私たちのために倒れた人たちへの頌歌を。その人たちは「偉大なドイツ」の侵略軍によって殺されたのだ。シラーもヘルダーリンも、ドイツのギリシアびいきの詩人たちも、彼らの子孫たちがやったことを決して是認しないことを、私は確信するよ」。

まさにその日の午後、太陽がツォメルカ山（Mt. Tzoumelka）のうしろに沈もうとしたとき、一隊の行列がメガラ・デンドラの方に動いてきた。その一隊は、司祭、先生、村長、そして大勢のぼくたち学童から構成されていた。パルチザンの人たちが埋葬されているところに着くと、ぼくたちは新しく開かれた一二の墓の回りに立ち、司祭が厳かな祈りをささげた後、先生が書いたつぎのような頌歌を歌った。

勇敢な戦士たちよ
あなた方はスパルタ人らしく斃れた
新しいテルモピュライ（3ページ参照）を守って

註1　原著はギリシア語。英語による著者・タイトルの表記は　D.I.Constentitimidis, *Operation Panthers,*

2009, p.94.
註2　右に同じく　C.G.Baroustas, *Messochora*, 1998, pp.112-121, 421.

第七章　エラソン――「感謝して」

次の物語は、ナチスのギリシア占領の間の一九四三年の秋、オリンパス山の近くのテッサリーにある小さな町エラソン（Ekasson）で起こったものである。その地の第一ドイツ駐留軍の指揮官はストーク（Stork）という名の少尉であった。彼はヒトラーに献身的であり、上官の命令を熱心に果たしたばかりか、罪もない人々を残酷に処刑する狂信者でもあった。

このナチスの士官は、一人も容赦することなく、当時飢餓状態にあり、イタリア軍が置いて行った僅かな食糧で飢えをしのいでいたギリシア正教会の司祭の命を救うこともなかった。その司祭は盗みのかどで告訴され、銃殺部隊に直面しなければならなくなった。ストークの心は石のように硬く、町長や地元の人々の請願にも和らげられることはなかった。不運な司祭は、死刑執行人たちにともなわれて、墓場への道をたどらねばならなかった。その途中、司祭は教区の亡くなった人々を埋葬するときに唱える祈りの言葉をつぶやき始めた。今や運命は、彼が自分のために同じ祈りを口にするように定められていたのである。

ナチの処刑分隊は六人の兵士から成り、墓地へと行進していった。軍曹が、塀を背に直立するように司祭に命じた。そしてすぐ彼は部下たちに狙いを定めて発砲するよう命令を下した。司祭は撃ち倒されたが、その瞬間自ら十字を切り、両手を天に差し伸べた……二人の地元の男たちが彼の墓を掘るように命じられた。銃殺部隊の兵士たちは、行進して本部に戻り、軍曹は命令が遂行されたと報告した。ストークは満足した。

しかし時は移り、ストークは転属となって、ハンス・ディロール（Hans Diroll）という新しい士官がその任に就いた。この男は違っていた。エラソンの気の毒な人々におおいに同情を寄せた。ディロールは、村人たちが畑を耕し、穀物を蒔けるように、軍馬を貸すことさえあった。食糧が乏しくなった村の上に、まだ飢餓の亡霊がさまよっていた。

指揮官ディロールはまた、九人のドイツ兵を殺したというかどで不当にも告発された一七人のエラソンの村人の命を救った。ドイツ兵は、実は近くの村のパルチザンによって殺されたのである。混乱と誤解があったが、ディロールは尋問と調査を行い、真実があきらかになったとき、一七人は家に帰ることを許された。町民たちに対するディロールの態度は、「一つの良い転換は二倍の価値がある」ということわざを証明するものである。戦争が終わって、ドイツの将官たちが戦犯としてドイツで裁判にかけられたとき、エラソンの町長は一通の手紙を、フランクフルトにいるディロールの弁護士エーベルハルト・ボック（Eberhard Bock）から受け取った。手紙はフランス語で書かれ、一九四八年八月一一日の日付であった。この手紙で弁護士は、ギリシアでナチ親衛隊とともに任務に就いていたため戦犯として告発されたハンス・ディロールの裁判を弁護するよう求められたと書いていた。

「ディロール氏は告発の事実を否定しました。法がさだめるように、彼の裁判で弁護するために、その地でのディロール氏の行動についてエラソン町長からの供述書が必要です」。

次の日、町長は議会を招集し、彼らはこの件につき討議した。彼らはディロール氏に命を救われた一七人を含め、満場一致でフランクフルトの彼の弁護士に次のような手紙を送ることを決めた。

「エラソンにて　一九四八年九月三〇日

ハンス・ディロール氏へ　（エラソン町長経由）

あなたは一九四三年九月から一〇月の二か月間以上をわれわれの間でお暮らしでした。邪悪な人々があなたを非難し、あなたを投獄したこのとき、もしエラソンの一般人、特に下に署名したわれわれが思いをあなたに向けなければ、それは非常な忘恩でありましょう。エラソンが救われたこと、われわれがあなたの勇敢で正しい支援のおかげで今暮らしていることを、思い出さない日はありません。当時あなたは、あなたの同僚でありわれわれの収監に携わっていた士官に、エラソンを破壊しないよう、また署名したわれわれを処刑しないよう説得しました。なぜならわれわれは、ケフロブリソン（Kephlobryson）で共産主義者相手に戦われた戦争には責任がなかったからです。われわれはまたあなたがわれわれの獄舎にわざわざ出向かれたときの、あなたの顔に浮かんだ喜びの色を思い出します。あなたはそのとき、われわれの救済についての報せを持ってこられたのです。あなたはあらゆる場合、まっすぐで公正な人でした。そして優しい感受性と魂の美徳を持った方でした。これは、われわれ地域の全住民が信じていることです。妻たち、子どもたち、われわれのすべてが、お祈りのなかでいつもあなたのお名前を口にします。

私たちは願います、あなたにとって不当な（とわれわれは信じますが）トラブルがすっかり解決し、あなたのような人格のお方を必要とする社会の環のなかに、あなたを返すことによって、正義が勝ち誇ることを。（註1）」

手紙の最後に、一七人の生存者（その一人は当時の町長だった）が署名をし、手紙は投函された。数週間後、町長は一通の手紙をディロールから受け取った。その中には、以前のナチ親衛隊の将校（ディロール）の弁護士に町長が送った手紙への感謝がしたためられていた。裁判所はこの手紙を考慮に入れ、ディロールの獄舎からの解放を命じた、とニュースは伝えた。ディロールは自由になって以後の生活を楽しむことができた。彼の手紙の中には、民間人の服装をした彼の写真が同封されていた。写真の下の部分に、ディロールは二文字のギリシア語を書いていた。

「感謝して」

註1　G. Avgoustis, *Occupation Memories 1943–1944*, 1997, p.94.

第八章　馬の抵抗

ギオルゴス・カラチアス（Giorgos Karatzias）は馬が大好きだった。彼はテッサリーのファルサラ（Pharsala）という小さな町に住んでいた。そこはアレクサンダー大王の有名な愛馬ブセパルス（Bucephalus）が生まれ、訓練された土地だと信じられていた。テッサリー平野は古代から馬の繁殖で有名であった。

カラチアスはどちらかというと背が低かったが、よい乗り手で、馬が大好きであり、特に額に白い星のある若く黒いめす馬を好んでいた。彼はその自分の馬を「星のツバメ」と名付けた。彼の牝馬はほっそりと輝くようで、速く走ったので、彼がその牝馬に乗って緑のテッサリーの野を速足で駆けるとき、馬はほんとうにツバメのようだった。彼は馬に水を飲ませるため、いつも同じ泉に連れて行ったが、そこは神話によれば女神テティス（Thetis）が息子アキレス（Achilles）を不死身にするため、彼のかかとをつかみ、泉の水に漬けたところである。その泉で、カラチアスは彼の馬に新鮮な水を飲ませたのである。

馬の鞍は、色の着いたビーズと、邪悪な目を防ぐために人造のパールでできた十字架で飾られていた。馬の額に、彼は日の光を反射する小さな楕円形の鏡をかけた。彼が帰宅するときいつも、遠くから日の光を反射しながら馬が速足で駈けるのを見るのは、ぼくたち子供にとって実に見ものだった。

たびたびカラチアスは、七歳の息子ニコスに、いっしょに馬に乗りたくないかと尋ねた。ときたま彼は、息子の遊び友達であるぼくたちの一人にも、よい子にしているなら乗せてやるといった。

ドイツによるギリシア占領のときで、この地方の司令官である少佐もまた馬が大好きだったが、たまたまカラチアスが速足で馬を走らせているのを見た。ある日二人の士官を伴って、ドイツ駐屯軍司令官が近所に到着してぼくたちを驚かせた。そこで彼は、馬を見たいと所望した。カラチアスは、妻とともに家から出てきた。妻は腕に赤ん坊を抱いていた。ぼくたちの遊び仲間のニコスは、ぼくたちをおいて、何が起こったかを見に走って行った。

カラチアスは、うまやの戸を開け、士官たちに三頭の馬を見せた。少佐は三頭をそれぞれよく見、「星のツバメ」の前で立ち止まった。

「この馬をひなたに出しなさい」と彼は、地方の弁護士である通訳を通して乾いた声でカラチアスに命じた。

「はい、承知しました」とカラチアスは言った。「しかしこれはただ一頭売ることのできない馬です。私の気に入りの馬です。私はこれが四歳にならぬおてんば娘のころから訓練してきました。この馬にはたいへん愛着があるのです」。

「私はこの馬を買うつもりはない」と少佐は言った。「私には馬が要るのだ。そしてこの馬は私の必要にぴったりだ。売買の問題ではない。この馬は徴発される」。

カラチアスはどうしたらよいか途方に暮れ、たいそう悲しくなった。彼の妻と子供たちは、ナチスが自分たちの「星っ子」を奪っていきたがっていると知って、泣き始めた。馬は、家族にとって子供のように育てられたのだ。そしてニコスとほとんど同い年だった。馬はとてもおとなしく、友達のようだったので、七歳のときニコスは、父がいなくても馬を一人で乗りこなした。ぼくたちは一人で馬に乗る友達をうらやんだ。ニコスの父さんは、馬に好物の大麦やスイカの皮を与えるよう、よくニコスに言ったものだ。

少佐が一歩前に出て、馬のたてがみを軽くたたこうとしたとき、馬は突然反応を見せた。馬は怒り、いらいらし、逆上した。まるで見知らぬ男の意図を推測したかのように。

それから突然馬は少佐の右腕を強い力で襲ったので、少佐はひどい痛みでかがみこみ、軍のジープの方に逃げた。馬はいななき、前脚で地面をたたき始めた。まるで侵入者を追い払うかのように。他の二人の士官と通訳は、驚いてパニックになった。少佐は運転手に、四五キロ離れた、それでも一番近いラリッサ（Larrissa）の町の病院に自分を連れて行くよう命じた。

次の日、二人の士官と一人の伍長がカラチアスの家にやってきて、力ずくで馬を連れ去った。ぼくたちは、軍隊の本部へ行く途中で、馬がまた反発して伍長を攻撃したと聞いた。結局、その牝馬は、司令本部の外の木の下につながれたままになった。二、三日後、故郷で競馬騎手をする前はプロの乗り手であった馬術に巧みなドイツ兵が、この馬を乗りこなしドイツ風の調教をする使命を与えられた。その後ぼくたちは、馬が駈けだして彼を溝に落としたことを聞いた。

数日後、少佐が病院から帰ったとき、彼の右腕はギプスをし、三角巾で吊られていた。彼がまずしたことは、その「悪く頑固な」馬を溝のそばのまさに同じ地点に連れていくことだった。その場所で、彼は左手で革のケースからピストルを引き抜き、馬を撃ち殺した。そのあたりで待っていた二人の作業者が進み出た。一人はクワを持ち、もう一人はシャベルをもって、最後まで外国の侵略者がその背に乗ることを拒んだ誇り高き駿馬を埋葬した。

第九章　パン一つ

一九四三年、ぼくたちはテッサリーのアテネ＝サロニカ街道に沿った村で暮らしていた。住む家がなかったので、ぼくたちは麦わら小屋に仮寓していた。道路はぼくたちの小屋のそばを通っていて、よく外国の軍隊が行進していくのが見えた。

外国の部隊がドイツ軍かイタリア軍か、彼らの異なった形のヘルメットからだけしか、ぼくたち子供には見分けられなかった。外国兵が話す言葉でぼくたちが理解できるのは、「ひどいギリシア語」「下品なギリシア語」だけで、その他の言葉は、ただ推測するだけだった。ぼくたちはまた、「仲間（Kamerad）」とか「司令官（Kommandantur）」というドイツ語が何を意味するかを知った。

ある日ぼくたちは遊んでいて、突然の土砂降りを避けるため、ある倉庫の戸口に飛び込んだ。そのとき、近くの水源地のところに停まっていた軍隊用トラックの長い列に気づいた。運転手たちは車のボンネットを開いて、エンジンに水を入れていた。彼らがラジエーターに水を満たしているのを見たとき、友だちの一人が言った。「ぼくたちはおなかが空いてるのに、トラックはのどが渇いてるんだね。」みんなは笑った。

ぼくたち大勢の村の子供は、缶詰かビスケット、それにめったにないことだが、チョコレートをくれるかも、という希望をもって、外国のトラックと乗員たちに近づいた。彼らの側からのなんの恩恵も同情の印もないまま半時間が過ぎたとき、一人のイタリア兵が手に丸いパンを一個もっているのが見えた。彼がそれをぼくたちに渡そうとしたとき、突然一人のドイツ軍の伍長が彼に近づいて叫んだ。「だめだ、だめだ！（Nichts! Nichts!)」ドイツ兵はイタリア兵を突き倒した。パンは湿った土の上に転がり、小さな輪を描いて止まった。ぼくたちはどうしていいかわからなかった。もしぼくたちがパンを取れば、軍事警察（Feldpolizei）の伍長をいらだたせるだろう。ぼくたちはパニックになった。

イタリア兵は間もなく立ち上がり、同情するような目でぼくたちを見た。そしてドイツ兵が背を向けたとき、かれは叫びながらドイツ兵を攻撃した。「パンはおれのものだ！パンはおれのものだぞ！」

「死の跳躍（Salto mortale イタリア語）」で、イタリア兵は伍長の体の上に乗り、烈しく彼を打ち始めた。ドイツ兵は倒れ、彼のヘルメットはパンの塊のように転がり、泥の中に停まった。イタリア兵は伍長から武器を取り上げ、軽機関銃の尻で彼を打ちながら叫んだ。「パンはおれのものだ、パンはおれのものだぞ！」彼は錯乱状態に陥っていた。イタリア兵がドイツ兵の体に、まるで馬に乗るかのようにまたがっているのを、ぼくたちは見た。

やがて三、四人の兵士たちがその場にやってきて、イタリア兵をわきへ連れて行き、鎮めようとした。立つこともできないドイツ軍伍長の唇から血が流れ落ちているのを、ぼくたちは見た。しばらくしてイタリア軍の将校が来て尋問を始めた。ぼくたちは次の豫な対話を推測することができた。

「なぜおまえはこんなことをしたのか。」

「パンは私のものです。」イタリア兵は繰り返した。

「それがどうした？ おまえは罰せられ、刑務所に収監されることを知っているのか？」

「かまいません。しかし私は言っておきます。大尉どの。パンは私のものです。パンは彼のものでも、ヒトラーのものでもムッソリーニのものでもありません、またあなたのものでもありません！　私には、毎日パンを一個もらう権利があります。パンは私のもので、私はそれを自分の息子たちとよく似ている、腹をすかせた二人の子供たちにやりたかったのです。私には、シシリーで待っている、この子たちのような二人の息子がいます。子供たちは、この子らのように腹を空かせているでしょう。」

ぼくたちは恐怖に凍り付いて動かなかった。「パンなんかくそくらえだ」と友だちのコスタスがささやいた。「ぼくたち、ごたごたに巻き込まれてしまうぞ！」

「子供たち、パンを取れ！」と大尉がぼくたちに命令した。ぼくの友だちはためらったが、ぼくは二、三歩前に出て、パンを取りあげようとした。しかし、湿った地面と雨のためにパンは膨れ上がり、ぼくがパンを取りあげようとしたとき、それは僕の手から落ちた。通りかかった、やせた村の犬がパンの塊をむさぼり食った。

ほんのしばらくして、兵士たちをいっぱい載せたトラックの一隊が動き始めた。ぼくたちは、そのイタリア兵が、縛られている両手を振り首を動かして、ぼくたちに別れを告げているのを見た。それから、ぼくたちは、村の犬が尾を振り、唇をなめているのを見たのだった。

第一〇章　ギリシアにいたユダヤ人の運命

第二次世界大戦の間に、ナチスがさまざまなヨーロッパの国々からの六〇〇万人のユダヤ人を処刑し、絶滅に導いたことはよく知られた事実である。何世紀も平和にギリシアに暮らしてきたユダヤ人たちの運命も、それと異なっているわけではない。彼らもまた国外追放され、強制収容所に送られた。刊行された統計によると、殺された六〇三万七千人のユダヤ人のうち、七万七千三七七人がギリシアに住んでいたひとたちであった。最大の犠牲はセレス（Serres）とザンティ（Xanthi）の村で起こり、死者はユダヤ人口の九九パーセントに昇った。

ドラマは、一九四二年六月サロニカのユダヤ人部落で始まった。この町は、その時まで五万五千のユダヤ人部落で栄える町だった。一九四三年三月早く、「最終解決」の計画の下、強制されたユダヤ人は列車に詰め込まれ、アウシュヴィッツ、ビルケナウ、ダハウ、マウタウゼン、トレブリンカの死のキャンプに送られた。そこで五万四千五〇人が、ガス室と火葬場で死に遭遇したのである。こうしてサロニカのユダヤ人の人口の九六パーセントが消滅した。同じ月の間に、イオアニナに住む他の一八五〇人ほどのユダヤ人が逮捕され、軍用トラックに詰め込まれ、ラリッサの鉄道駅を経由してヒトラーの強制収容所に送られた。彼らのうち、ほんのわずかな人々だけが生き延び、帰還した。

実のところ、大戦前にも反ユダヤ主義の事件が散発的に起こっていた。例えば、一八九一年、コルフでのユダヤ人少女殺害とか、一九一七年と一九三一年などにサロニカで起こった放火事件である。ユダヤ人がイエス・キリストを架刑にしたという事実をキリスト教徒が許すことができないという理由で、後世までユダヤ人は差別され、歓迎されなかった。そうした悪は人間性の中にあるもので、ギリシア人自身の先祖がソクラテスに毒を飲ませたという事実を、人々は忘れていた。神の子に対する罪のために、ユダヤ人はディアスポラ（Diaspora バビロンの捕囚後パレスティナから他の世界に離散したユダヤ人）として、家なき子として、世界中をさすらうよう呪われていると、一般のギリシア人は信じていた。この信念に、相互の反目が、反感が、そして彼らの商売上の成功のためにユダヤ人に対する羨望が加わった。差別は明らかで、二つの宗教の人たちの間の結婚はまれであった。

また一九二二年の小アジア（地中海とエーゲ海、黒海に挟まれた西アジアの半島地域）における災害の後、ギリシアに、そしてとくにマケドニア地方にあふれた約三〇〇万のギリシア難民の波によって、サロニカの裕福なユダヤ人は、憎まれはしないまでも好かれなかった。苦しみを受け、空腹な難民たちは、サロニカの裕福なユダヤ人が自分たちの口からパンを奪っている、と信じた。一九六〇年代の初めの頃には、サロニカの古いユダヤ人墓地が一晩のうちにブルドーザーで解体され、大学の建築計画に替わっているのが見られた。言い換えれば、ユダヤ人の死者の骨が憩うている聖なる場所に学問の場が打ち立てられたのだ。……当時一人の学生として、私は人間性とは何かを考えさせられたものだ。

しかし大戦の間にも、迫害されたユダヤ人に対して同情あふれる優しい気持ちと利他主義を、多くの点で示したキリスト教徒もいた。ある者は、ユダヤ人たちが隠れるのを助け、ある者は自分たちの乏しい食物を分けて彼らを飢えから救い、またある者は遠く離れた安全な場所へ彼らを逃がした。少数ながら若いユダヤ人は、山間のパルチザンのグループに入り、ナチスと戦った。

一九四三年一月二二日、国民解放戦線（EAM）は、ギリシア国民への宣言の中で、ユダヤの人たちはギリシア人の中の不可欠な一部であると考え、こう述べた。

「ギリシア人へ、アテネの人々へ。皆さん、わが国民の征服者は、新しい犯罪を準備している。われわれはファシストたちの獰猛と野卑の新しい段階の中にいる。つまりこのたび、彼らはギリシア人の中のユダヤ人を狙っているのだ。血に飢えた征服者は、ドイツで、ポーランドで、サロニカで組織したように、ギリシアのユダヤ人に対する最も憎むべき計画の一つを準備している。何千人もの罪もない子供や女たちは、恐ろしいゲシュタポ（Gestapo 反ナチス運動の取り締まりを目的としたナチス・ドイツの秘密警察）による処刑、集団殺戮、強制収容所でもって脅かされている。

この新しい犯罪は、ユダヤ人に関係するばかりでなく、ギリシア人にも及んでいる。なぜなら、ギリシアのユダヤ人は、その運命をすべてギリシア人の運命と結び付けたわれわれ人民の一部であるからだ……ユダヤ人を迫害することによって、征服者はギリシア人そのものを迫害している。だからＥＡＭは、アテネの人々に、すべてのギリシア人に、すべてのキリスト教徒に、ユダヤ人救済の助けを求める。グループの実地講習会や大きな委員会や全員の動員によって、恐ろしいプログラムを無効にしよう。迫害されたユダヤ人一人一人に、屋根と避難場所を与えようではないか」(註1)。

同様にギリシア正教会は、ユダヤの人々を助けるためにベストを尽くした。アテネの大司教ダマスキノス（Damaskinos）は、ギリシアにおけるナチ親衛隊司令官ユルゲン・ストループ（Jurgen Stroop）大将への手紙の中で、ギリシアのユダヤ人に対する迫害と殺戮を止めるように求めた。彼らの会合で、大司教はこの問題を持ち出し、当時三千人を超えるアテネの社会のユダヤ人たちを救済することを主張した。ナチの将軍はこれを拒んだ。大司教がさらに主張したとき、将軍はかんしゃくをおこし半狂乱になって、もし大司教がそれ以上主張するなら撃ち殺すと脅した。目撃者の話によると、ダマスキノスは答えた。「将軍、古代ギリシアの高位の人たちは、射殺されるのではなく絞首されたことで有名です。どうか伝統に敬意を払ってください」。

そういういきさつにもかかわらず、大胆不敵な大司教はあきらめなかった。できるだけ多くのユダヤ人の生命を救おうと決心して、大司教は自分のオフィスにアテネ登記所の管理官を呼び、肚を割って話し合い、彼に言った。

「私は十字を切り、神に語りかけて、できるだけの多くのユダヤ人を救うことを決心しました。たとえ危険を冒そうと、私はユダヤ人たちに洗礼を施します。だからあなたは、彼らがキリスト教徒としての身分証明を受けられるように、証明書を発行してください(註2)」。

やがて新しい登記所が開かれ、五六〇人のユダヤ人が登録されて、彼らの命は救われた。幾人かの他の司教も、ユダヤ人の命を救う手助けをした。この人たちの中に、サロニカの司教たちヴォロス、チャルキス、ザンテ（Volos, Chalkis, Zante）がいる。

一九四三年の終わりに、ザンテの島では、ナチの地方司令官パウル・ベレンス（Paul Berens）は市長ロウカス・カレル（Loukas Carrer）に、そこに住むユダヤ人の名簿を提出するよう命じた。カレルとクリストモス（Chrystomos）司教は、彼ら自身の名前だけ載ったリストを提出した。「ここにはユダヤ人がいます。もしあなたがたが彼らを強制輸送するなら、私たちをも捕らえねばなりません。(註3)」ザンテの島の二七五人のユダヤ人は、仲間の島人たちの間に隠れて命を救われた。誰一人彼らを裏切ることはなかった。

一九四四年の秋、ナチスを打ち負かした連合国の力のおかげで、最初ヨーロッパの数か国が解放され始めた。しかし三〇〇万のユダヤ人を失ったポーランドの強制収容所では、「死」はより身近に迫った災厄であった。マルセル・ナザリ（Marcel Nazari）という名の、ギリシアに住んでいたユダヤ人によって残されたノートに、以下の文が記されている。

「毎日私は、神は存在するのかと思い悩んでいる。そしてこうしたすべてのことにも関わらず、やはり神はおられると、私は信じる。神が何を望まれようと、それはなされるだろう。その瞬間ギリシアは解放されるという考えに、私は満足して死ぬだろう。私は生き伸びることはない。私の最期の言葉は、『ギリシアよ、永遠なれ』である」。(註4)

註1　原著はギリシア語。英語表記は　R.Frezis, *The Jewish Press in Greece*, 1999, pp.401-402.
註2　同書　p.406.
註3　Michael Skapinker, "A British invasion conquers a heroic isle" in *Financial Times*, 1 Sept 2008.
註4　同書　p. 409.

第一一章　アウシュヴィッツにいたギリシアの女性

ナチスによってドイツとポーランドの強制収容所に収容され、迫害を受けたユダヤ人とギリシア人に課せられた責め苦は、客観的に、また生き生きと『なぜ？アウシュヴィッツでのギリシアの一女性』（*Warum? A Greek Woman in Auscwitz*）という書物のなかで描写されている。著者はヴァッソ・ストマティウ（Vasso Stmatiou）という若いギリシア女性で、ユダヤ人ではなかったが、彼女の運命は三か所の強制収容所に送られたユダヤ人女性のそれと同じであった。「共産主義者」との非難をうけ、一九四四年六月にサロニカで捕らえられたが、大勢の他のギリシア人、ユダヤ人とともにまずビルケナウ（Burgenau）に、ラウエンスブルック（Rawensbruck）に、そしてブッヒェンヴァルト（Buchenwald）に送られた。最初の収容所で彼女は三か月を過ごし、第二の収容所で一か月、そして第三の収容所では六か月を過ごした。彼女は幸運にも生き延び、恐ろしい体験を思い出して、記憶を紙に書き付けた。強制収容所全般に行き渡っていた状況を眺めてみよう。先に述べた書物から訳された詳細がここにある。

「彼らは無慈悲に私たちを打ち、汚い言葉を吐いて、むりやり服を脱がせようとしました。私たちはためらい、絶望的にあたりを見回してもじもじしていました。多くのドイツ人の前で服を脱ぐなんてどうしてできましょう。私たちが行って服を脱ぐようなシャワーがどこにあったのでしょう。私たちの肉体と威厳を蹴とばすことによって、あいつらは私たちに何をしようとしたのでしょう。私は、できるだけゆっくり服を脱ぎ始めました。『早く！』とか『みんな脱げ！』という命令に追い立てられながら。正面のテーブルに座っていたドイツ人は腹を立てて、力いっぱいこぶしでテーブルをたたいたので、その上の鉛筆が飛びあがったほどでした。

『服は全部だ！　みんな完全にだ！』一人のポーランド女が命令を繰り返し、私たちを殴りつけました。私は、自分の秘所にくぎ付けになった男たちのガラスのような目の前で、恥ずかしい思いをし、疲れ切ってしまいました。

髪から取り忘れた二本のヘアピンのおかげで、口汚い言葉と平手打ちが改めて投げつけられました。裸の女たちの行列が動き始めたので、私はピンを外し、最初のドイツ将校の前に立ちました。彼は私の体のあちこちを押しましたが、それはまるでテアノ（Theano）おばさんがパンを焼く前に捏ね粉を押していたのと同じようでした。そして彼は書類に何か書き付けながら、第二の将校のところに行くよう、私に合図しました。第二の将校は、私が脱いだ服を詳細に記録しました。次の将校は私の拘留のすべてを詳細に記録し、もう一人の将校は私に、何か特別な資格を持っているかと尋ね、またもう一人、もう一人と、彼らのすべては、厳格な顔とガラスのような目で私たちを見ていました。若い娘の裸の体を、ではなく、すべてを詳細に記録されねばならない屠殺される子牛を見ているような目でした。

一時間の尋問ののち、私たちは別のホールに入りました。そこでは苛立ったポーランドの女性が理容師の役割を果たしていました。彼女は野獣のような姿をしており、魅力的な頭を味気ないバスケットボールに変えることに喜びを見出しているようでした。もし彼女が、その囚人の頭にシラミがついていると判断すれば、彼女は髪を深く完全に切ってしまいました。彼女は濃い髪にはいくらか慈悲心をもっていたので、それは半インチの長さに切りました。しかし彼女の切り方は下手だったので、結果は剃られた頭より醜かったのです。

恐ろしいのは、彼女が髪を切る様子でした。彼女の手のハサミは狂ったように踊り、私はハサミがグリカ（Glyka）の目を抉り出さないか、メアリーののどを掻き切らないかと気が気ではありませんでした。彼女は激しく頭をつかみ、その娘がよろめくほど頭を押しました。でも彼女は娘がよろめくのを見たくなかったので、娘たちの頭をハサミで打ちました。めまいを起こした頭が前に垂れると、今度は彼女は頭をまっすぐに起こしておくために、娘たちの髪をひっぱりました。彼女は娘たちの頭をボールででもあるかのように、もてあそぶのを楽しんでいました。

彼女がいつも使うののしり言葉は、『疫病神！』とか『馬鹿者！』とか『トンマ！』でした。私は、私の頭は彼女の扱いに当たっては主役の役割を果たすという思い込みを持っていました。エレニ(Eleni)と私はギリシアの娘たちの中で最も美しい髪をもっていたのです。ポーランド人の理髪師は、ある特殊な方法で、その魅力的な髪を駄目にするやり方を考えるために、一瞬じっと動かずに立っていました。しかし彼女にはインスピレーションもそれを実行する時間もないようでした。私は床の上に落ちる髪に別れを告げ、隣の広間に入って行きました。私たちは、シャワーに入るため約一時間待ちました。惨めに、お互いの顔を見ることもできずに。そしてついにシャワー室に入ったのですが、それはなんというシャワーだったでしょう。天井からの漏斗状の口が湯を吹き出し始めるとすぐ、私たちの幾人かは顔に石けんを塗り始めましたが、突然湯は止まり、顔に石けんを塗った娘たちは泣き叫びました。『お湯を出して！お願い、お湯を！』

しかし濡れた娘たちの体を打っていたポーランド女は、開いた窓のある別の広間に私たちを押しやりました。全開した窓から入ってくる新鮮な空気で、私たちの濡れた体は震え上がりました。『小さなハンカチを頂戴！目を拭くための布を！私、目が見えないわ！』エフティキア（Eftychia）がささやきました。小さなハンカチ？広間は完全に空っぽでした。壁には爪痕もありません……そして私たちは髪の毛一筋ももってはいませんでした……声さえもありませんでした……。

外からいくつかの頭が窓に現れました。『どうして私たちこんなにいじめられるの?』クリソウラ(chrysoula)が尋ねました。『どうして? どうして? (Warum? Warum?)』」

第一二章　七二年後……

七二年後、二〇一三年五月に、マノリス・グレソス(Manolis Glesos)は、戦後の補償についてドイツの主要な新聞『ディ・ヴェルト(Die Welt 世界)』に一通の書状を送った。その書状は、『ドイツが今日我が国に未だ負うているもの』と題され、二〇一三年五月三日に出版された。そして新聞は書き加える。「ギリシア戦争の英雄は、多くのドイツ人たちに、戦争の補償に対する彼らの国の道徳的義務を知るべきだということを想起させる。『ディ・ヴェルト』紙の読者にあてる私信。」ここにその訳を記す。

「この九月に私は九一歳になる。私はこの文を七二年前、ドイツの軍勢が完全武装し、オートバイや車に乗ってアテネに入るのを見たときから書き始めた。一九四一年四月二七日のことだった。そのときこの新聞の読者のたいていの皆さんはまだ生まれてはいなかった。しかし私はすでに一七歳だった。だから私には、嘘や半分しか真実でないことを書く時間はないのである。

私が経験したこと、聞いたこと、見たことを身近に語れるように、あなた方にはもっと近くに来てもらいたい。しかしここでは、出来事のほんのいくつかをお分けすることができるだけだ。その後、私たちは違った側面でお互いを観ることができるだろう。

クレタ島の戦い、これについては多くのことが書かれた。歴史の本の中で起こったことを見出すのはたやすい。あなた方は、男や女や子供たちが、庭のクマデやステッキを武器として戦い、自分たちや父親の国土を守ったことを読むだろう。彼らに対しては、世界最強の軍隊ヴェールマハト（Wehrmacht ドイツ国防軍）があった。そして空は限りなく落下傘部隊を降らせていた。

勝利者たちは行進してやって来、そして殺した

戦争が終わりに近づいたとき、軍隊ではワインを飲んでいた。しかし子供や兄弟や父や夫を失った敗者の妻たちは、山を攀じ、海岸に降りてきた。敵の死体を見つけた場所にはもう敵はいなかった。彼女たちは斃れた者たちを敬い、彼らを洗ってやり、

彼らにふさわしいように埋葬した。死者はもはや敵ではない、彼らはまだ埋葬されていない兄弟だ。そしてこれらの女たちは、死者にその義務を果たすアンティゴネ（Antigone ギリシア神話で、テーベ王オイディプスとイオカスタの娘。盲目になって追放された父王を導いて放浪。父の死後叔父のテーベ王クレオンの禁に背いて兄ポリニセスを火葬にしたため、生き埋めにされた。ソフォクレスの悲劇の題材）の孫たちであった。

同時に勝ち誇った軍隊はカンダノス（Kandanos）の村に入った。村の周辺の地域では二七人の男たちを失っていた。それから「報復」として、戦時中でさえ聞いたこともない決定を、奴らはした。彼らは、村の中で見つかったすべての住民を殺し、村を絶滅させた。彼らが村を去るとき、彼らの行為を誇りとする残された道路標識があった、「ここがカンダノスだった」と。皆さんは、今これをインタネットで見ることができる。

一九四四年五月一〇日に、ナチスはケッセリアニ（Kesseriani）で、私の一九歳の兄を処刑した。兄が生き延びていたら、彼は教師になっていただろう。彼といっしょにナチスは八一人の男と一〇人の女を処刑した。それより九日早くメーデーに、ナチスは他の二〇〇人のギリシアの愛国者たちを処刑した。

ギリシアへのドイツの負債

ドイツ統一の直後、私はドイツがギリシアに負うた負債を、ギリシアに返還するよう、戦いを始めた。皆さんがご存じのように、その顛末はこうである。

それは強引な借款、一方的に与えられた損害、国家のインフラ（経済基盤）と建築上の宝物の破壊に対する補償である。一九九五年に、私は週刊誌『ディ・ツァイト（Die Zeit 時）』のコラムとハノーヴァーでの忘れがたいデモの両方で、ドイツ人たちにこの次第をすべて暴露する機会をもった。もし過ぎ去った年月が原則や価値を消すのなら、もし時の経過が人々のモラルを変えるのなら、ソフォクレスやアイスキュロスやエウリピデスによって書かれた悲劇は、今日誰の心にも何の意味も持たないだろう。しかし朽ちることのないもの、書き尽くされることのないもの、老いることのないものが明らかに存在する。そして正義はこうしたものの一つである。

もし今日、私の九〇年の重荷にも関わらず、私がこの問を続けるならば、それは思うに、ドイツがギリシアに負うているものを返すことが両国にとって正しいことだと考えるからに他ならない。

われわれが戦うのは報復のためではない

このことに注意してもらいたい。私は、決して報復について話しているのではない。愛するものを失ったわれわれだが、ドイツ人に対して憎しみを感じはしない。そして報復を必要としない。そんなことはできなかったのだ。われわれのうち、戦いから生きて帰った者たちは、死者たちのために生きつづけ、彼らのために愛し、彼らのために踊り、彼らのために泳ぐ義務をもっていた。このようにわれわれは人生を評価し、人生を愛することを学んだ。憎しみは人生を愛することを妨げる。

戦後の数年間、私は多くのドイツ人と知り合った。彼らと再び出会う機会があると、私はたいへん嬉しいし、彼らとの話し合いはいつも考えるのによい方法だ。私の話を注意深く聴いたあと、彼らはみんなギリシアの正当な要求に同意してくれた。彼らは繰り返し私の味方をし、ドイツ人と心を通わせる手助けをしてくれた。しかし私は彼らの立場に感謝を感じることはない。私は彼らに友情を感じる。そしてこれははるかに貴重で、はるかに永続的で、はるかに人間的で、はるかに等価なものである。

ヨーロッパの土は一センチごとに血を流す。われわれは、優良人種と国家の状態の理論のために、あまりにも高価な代償を払ってきた。われわれは平和の、連帯責任をもつ、平等の、お互いに理解するヨーロッパを必要とする。そしてドイツがギリシアに負債があると認識することは、こうしたヨーロッパに絶対に必要なことである。このヨーロッパとは、シラーが、ゲーテが、ブレヒトが好むところのものであると私は信じる。」

第二部　ギリシア内戦時代の物語

第一三章　チャルキス（Chalkis）からの人質

一九四四年の寒い冬の日、テッサリー（Thessaly）にあるブリシア（Vrysia）という小さな村の地平線上に、人質に取られた人の長い行列が現れた。村を通るアテネ＝サロニア間の道に、彼らは黒くて小さく、白い雪景色の中でアリの行列のように見えた。

二日間断続的に雪が降り、地面の雪は五〇センチにもなっていた。雪が止むと、ぼくたち子供は遊びに出た。人質の列がだんだん近づいて来るのが見え、やがて先頭がギオリ・スプリングス（Ghioli Springs）と呼ばれる場所に到着した。そこは温かい湯が岩から噴き出していた。

そこで人質たちは一五分休憩のための停止命令が与えられていた。彼らは水を飲むことはできたが、何日も空腹だったので水を飲もうという気にならなかった。空腹なだけではなく、ぼろをまとい、ひげが生え、震えていた。寒さから身を守るため、幾人かは服の上に古いあら布の袋を纏っていた。その光景はぼくたちの好奇心と同情を引いた。

あるものは温泉の湯で顔を洗ったが、手や顔が北風にさらされると、冷たさでヒリヒリ傷んだ。彼らは手をこすり、ポケットに入れて温めた。彼らは疲れ切っていて空腹で、黙って苦難に耐えていた。

ぼくたちは難民というか半遊牧民で、その温泉に近いところで生活をしていた。人も動物も、同じ温泉から水を供給されていた。水は、ヒルがいっぱいで、ロバやラバに乗せた小さな木の樽で家庭まで運ばれ、キメの細かく織った布で漉された。それだけだった。普通なら病気が広がるところだが、ぼくたちはかなりの抵抗力を持っていたようだ。

ぼくたちが住む小屋では、設備はかなり遅れていた。もっと前はひどいものだった。とりわけ一九四一年から四二年の冬は不景気の年だっただけではなく、ギリシア全体が飢饉の年だった。アテネでは、ネコさえも食したと言われた。

しかしながら、父は一九四一年四月に亡くなっていたのだが、母は決して私たちを飢えさせなかった。母がいつも言っていたように「飢えをしのぐ」ために食糧を貯蔵する方法を持っていた。スープの乾燥豆、トラチャナ（trachana 牛乳と荒く粉にした穀物からできたおかゆのようなもの）、乾燥野菜や果物、トウモロコシ粉やオリーブが私たちのいつもの食事だった。仕事のない父親の子供たちは飢えていたが、ぼくたちは飢えなかった。ぼくたちはほかの子供達のように、食べ物を乞いに近所の家に行ったことはなかった。

人質が現れた日、母はぼくたちのためにほうれん草のパイを焼こうと準備し、それをオーブンに入れた。ぼくたち四人、兄と二人の姉妹とぼくは、パイが焼けるのを待っていた。ちょうどそのとき、五十代で背が高く眼鏡をかけて、すり切れたコートをぴったりと身にまとい、傷んだ帽子をかぶった男がドアのところに現れ、母を見るとその帽子を持ち上げ、崩れるように倒れた。彼は人質のひとりで、煙が上がっている丘の上のわが家にたどり着くだけの力があったのだ。彼は疲れ切った体を戸口の上り段にもたせ掛け、丁寧で哀願するような声で言った。

「おはようございます。少しのパンとチーズをいただけませんか」。

「パンは差し上げることができます」と母は言った。「が、残念ながらチーズはありません。残っていたチーズはパイの中に入れてしまいました。だけど、マウンテン・ティー（山の野草茶で香りのよいシソ科のハーブティー。ギリシャでは風邪や体調の悪い時に飲む万能茶）ならありますよ」。

「それはありがたい。お子さんたちに幸ありますように！」その見知らぬ人はぼくたちを見て、みじめな気持ちで、でも強いて笑いながら言った。

その男はコーンブレッドをひとかけカップに浸し、感謝しながら食べ始めた。彼は飢えているようで、このように言った。「私はチャルキスの弁護士です。資本主義者という事由で、いわゆる民主軍『アンタルテス（antartes 共産主義ゲリラ）』の人質に取られたのです。われわれは一週間歩き続け、五日以上食べ物は何も与えられていません。胃は痛み、疲れ果てました。彼らは私の金の指輪、財布とお金、身元証明書、妻の写真などを奪いました」。

ぼくたちは彼を哀れみと同情と好奇の目で見た。ぼくたちは、人が人に対してそんなに残酷になれるとは信じられなかった。

「一五分の休憩が許されています」とその男は続けた。「彼らはわれわれをどこへ連れていくのか言ってくれません。牢獄か死か？　われわれは四〇〇人の極限状態にある人間で、法律家、教師、技師などギリシアの様々な場所から来たものです」。担当士官の鋭い笛の音が彼の言葉を遮った。彼は急いで立ち上がり、立ち去ろうとした。

「ちょっと待って！」と母は彼に言って、すばやく台所になっている物置小屋へ行きオーブンを開けた。焼けたほうれん草パイから立ち上がる甘い匂いでつばがでた。母はパイを二つに切り、その一つを小さくいくつかに切った。それをナプキンに包み、人質に渡した。

「これを持って行って。道は遠いでしょうから」と母は言った。

「今ここで少しいただいたほうがよいでしょう」と男は言い、母に感謝しながら残りを胸の奥に隠した。そして彼は立ち去ろうとした。ぼくたちは彼が何か迷っている風に見えた。数歩歩いて彼は立ち止まり、まるで何か忘れ物をしたように振り向いた。彼はポケットから緑の石鹸の塊を取り出した。

「子供たちの体を洗うのにこれを」と母に言った。「私はお金を持っていませんので。」

石鹸はその当時不足していた。

「気にしないで。石鹸は私たちよりあなたに必要です。ここには熱いお湯があり、石鹸がなくてもいいのです」と母は言った。が、その男は頑として言うことを聞かずに、石鹸を近くの石の上に置き、丘を駆け下りていった。

その出来事のあとすぐ、母は残り半分のパイを五つに切った。私たちはむさぼり食った。兄がパイが小さすぎてお腹いっぱいにならないと言うと、母は腕まくりをし、もう一枚パイを焼き始めた。

「オーブンがまだ暖かいわ。すぐに新しいパイができるわよ、今度はトラチャナスパイ（trachanas pie ミルクと小麦で作られるギリシャの伝統食）よ」と母は言った。本当に三〇分で次のパイができた。ぼくたちは二枚目の大きなパイを食べ始めた。

食べ終わると、ぼくたちは外へ遊びに出て、雪だるまを作った。遠くでは、コッカ丘（Kokka hills）の曲がったところの雪道をゆっくりと人質の行列が進んでいるのが見えた。ぼくたちは彼らがどこへ連れていかれたのか知らなかった。

第一四章　キャプテン・アリスの贈り物

一九四五年六月、ぼくは七歳だった。その頃ぼくたちは、スピティア（Spitia）と呼ばれる小さな村の父祖伝来の石造の家に住んでいた。そこは、ピンドゥス山脈の中にあり、標高一二〇〇メートル、メソホラ（Messochora）村の上にあった。

キャプテン・アリス（Captain Aris）は、村の若い先生によると、ちょうどその当時共産党の熱心な指導者になっていたが、アキレス（Achilles）やディゲニス・アクリタス（Digenis Acritas）のように偉大な伝説的人物であった。子供の想像力では、彼は国民の英雄であり、人間離れした人物で、一つの山の頂上から次の山へひとっ飛びで飛ぶことができるような人であった。

アリスは、イギリスの奇襲部隊と力を合わせ、北アフリカへのドイツ軍の供給ルートを止めるためにラミア（Lamia）の近くのゴルゴポタモス（Gorgopotamos）橋を爆破させてから、その名声を遠く広くとどろかせていた。先生がぼくたちにアリスの偉業について話してくれると、ぼくたちは先生の言葉ひとつひとつに耳を傾け、もっと聞きたいと思った。当時ぼくたちの教室はドイツの侵略者によって焼き払われていたので、村の教会を使っていた。

その夏、ぼくたち子供は、アリスがスピティアの近くのアーミレス（Armyres）という高原に彼の司令部を設置したと噂で聞いた。兄とぼくはアリスの共産ゲリラ部隊を見たくてそこへ行った。軍施設は家から歩いて一〇分だった。そこでぼくたちは、アリス軍の莫大な数の兵士が空腹をかかえ、ほとんど裸足で休んでいるのを見た。敬服すべき黒い顎ひげのアリスは黒く光る馬に乗り、彼の制服の真鍮のボタンは、真昼の日の光に光っていた。弾薬筒を入れた革帯が彼の胸に十字に交差していた。（裏表紙参照）彼は部下に話をしようと、部下たちを集めているところだった。木陰に座っている遊撃隊員の一団から、学校で習った「勝利の歌」が聞こえてきた。

オリンポスには雷鳴がとどろき
ギオナ（Ghiona ギリシア＝アルバニア山脈の一峰）には稲妻が光っている
アグラファ（Agrafa）山は鳴り響き
大地は揺れている！
武器をとれ、武器をとれ
我らが最も愛する自由のために！

野営地に近づき、ぼくたちはアリスの部下がミズキの木の枝からつるした羊の皮をはいでいるのを見た。ぼくの名付け親やその兄弟の所有である羊の群れは、短く刈られた灌木に取り囲まれ「戦闘で必要なときに」肉にされるのを待っていた。兄はぼくの後ろで少し離れたところにいた。

突然アリスが馬を走らせてやってきてぼくの前で止まり、ぼくに尋ねた。
「おいおまえ、おまえはどちら側なんだ？　おれたち側かファシスト側か？」

彼の馬と制服に見とれながら、ぼくは答えた。

「もちろんあなた側です、キャプテン！」

ぼくはそのとき「ファシスト」という言葉がわからなかった。ファシストを見たこともなかった。ぼくは馬に乗っているアリスに見とれ、彼に従うのが良いと思った。

ぼくの返答に彼が満足したのは明らかだった。彼は、一般の人々が彼の社会的闘争についてどう思っているのか知りたがった。ともあれ、「愚か者と小さい子供から真実はわかる」とことわざにもあるではないか？

彼は厳格な人だったが、ぼくの大胆な答えを聞くと　ほほえんで言った。

「よく言った！　われわれは勝つぞ！　おまえはまだ小さくてわが軍に入れないけれど、大きくなったらおまえ自身がキャプテンになるだろう（後にぼくがクレタ島の陸軍学校で訓練を受けたとき、この予言的な言葉をよく思い出したものだ）。」彼は、もしぼくに銃と制服を渡したら、ぼくは間違いなく喜んで彼についていくだろうと推測していた。

それから、彼は羊の皮をはいでいる部下のほうを向き、命令した。

「同志よ、この少年に羊の内臓を全部やってくれ。」

もう一度ぼくのほうを向いて、彼は言った。「家へ持って帰ってスープにしなさい。」

「ありがとう、幸運をお祈りします、キャプテン」とぼくは小声で言って、部下が低い杉の灌木の上に投げていた内臓を集めに行った。彼は血の付いたナイフを歯でくわえ、両手で私のほうに内臓を投げてくれた。私はそれを引きずってうちへ持って帰った。重くてねばねばしていた。預言者エリアス（Elias）の小さな教会のそばを通るとき、兄と私は十字を切った。

内臓を引きずって帰ると、母は目を疑った。怪しげにそれを見た。ぼくは母に、キャプテン・アリスがくれたと説明した。母はすぐにそれを洗い、暖炉の黒い鍋に入れて料理した。それは、高い岩山の中で食べ物が非常に乏しいときに、思いがけない食事になった。

その晩、父のいない四人の子供たち（二人の姉妹、兄、私）は最高に美味しいスープを口にした。兄はこの出来事の間ずっと黙っていたが、お代わりをした後立ち上がり、満腹になったお腹をこすりながら言った。

「とてもおいしいスープだ。アリス万歳！」

しかし、アリスは長く生きられない運命だった。一週間後、一九四五年六月一五日、彼は党の指導者たちに裏切られ、政府軍に窮地に追い込まれて、アヘロス（Acheloos）

川の近くのメスンタ（Messunta）村からそう遠くないところで拳銃の引き金を引き自殺したということだ。

第一五章　元裁判官に対するパルチザンの正義

アリスの死から何年もたって、信頼できる友人でエピルス（Epirus）のよく知られた小児科医であるアポストロス・トリス（Apostolos Tolis）医師から話を聞くことがあった。マウンテン・ティーを飲みながら、私たちは内戦での共通の経験を話し合ったのだが、そのときリーダーとしてのアリスの問題となる性格という話題が持ち出された。トリス医師は、それはアリスの運勢がピンドゥス山脈に光り輝いているときだったと言った。彼の司令部はいつもその地域で活動していた。一九四三年の春、彼はヴルガレリー（Voulgareli）村の近くの小村で野営することを選んだ。そこで次のようなエピソードが起きた。

アリスの部下の中に三十代の男がいた。彼は元裁判官で、「オクトブリアノス（Octobrianos ロシア十月革命びいきの、という意味）」というあだ名で知られた、上品に服を着こなす男だった。アリスの遊撃隊員たちがそこに待機しているとき、その元裁判官がたまたま内緒で近くの村の離婚女性を口説いていた。彼女はかなり進歩的な考えを持っている人だった。彼女は彼を家へ招待し、夕食と地下貯蔵庫からワインを提供した。肉体的快楽があったかどうかはわからない。次の日、彼女は、その士官を楽しませたと自慢し、女友達に起こったことを話した。そのニュースは村中に広まり、アリスの耳に入るのに時間はかからなかった。

アリスは部下たちに肉体的快楽を慎むべきという厳しい命令を出していた。彼自身も、敵がホモだと呼ぶほどの禁欲的なライフスタイルで知られていた。彼が社会的闘争の信念を宣言したときに、部下への激しいスピーチの中で、彼の部下達の性的欲求に言及してルメリ（Roumeli 中央ギリシアを表す）訛りで次のような声明をだしたと言われている。「同志よ、今後この山中で力を合わせようとする君たちは、男性器を排尿のためだけに使え。そのほかの目的には使ってはいけないということを知っておくべきだ！」

しかし、村の離婚女性に誘惑されたその元裁判官は　アリスの命令を無視したようだ。その誘惑の二日後、彼は呼び出され　それが本当かどうか答えて説明するように言われた。彼はただ叱責されるだけだろうと思って、認める以外に方法がなかった。しかし、運命の神は彼に別の罰を用意していた。特別軍事法廷がすぐに開かれ、彼は死刑を宣告されたのだ！……

彼はアリスに慈悲を請い再審を願い出たが、アリスは冷淡に答えた。この裁判は私には関係ない、アンタルトディケイオ（Antartodikeio 共産ゲリラ法廷）の掌中にあると。

三日後、二人の武装した男に近くの排水溝に連れていかれ、元裁判官はツルハシと鋤を渡され自分の墓を掘るように命じられた。彼は必死で慈悲を懇願したが無駄であった。死刑執行人の答えは、時間がないから早く掘れというものだった。

すべての希望をあきらめる前に、元裁判官は死刑執行人の心を和らげようとした。彼は自分の軍靴を脱いで彼らの一人にそれを投げた。「同志よ、私の犯した罪はこんな残酷な罰に値しないのに、君たちは私を処刑しようとしている。軍靴は墓の中では無駄だから、私は靴を履いて埋められる必要はない。君にあげるよ」

執行人は拳銃を下ろし、靴をつかんでわきへ置いた。それから、彼は命じた。「さあ、掘り続けろ。時間がない！」

死刑囚はしぶしぶ掘り続けた。しばらくして彼は手を止めた。今度は彼はジャケットを脱いでたたんで、もう一人の執行人にそれを投げて言った。「墓の中ではジャケットもいらない。君にあげるよ！」

それを受け取って男は答えた。「我々はただ指導者の命令に従っているだけだ。アリスに命ごいをしろ」。

アリスは岩の上に立って、敵の動きを探るため双眼鏡で遠くの山をじっと見ていた。その男は声を上げ、最後の命ごいをした。「キャプテン・アリス、私に慈悲を！ 命を助けてください！」

アリスは高慢な態度で降りてきて、辛辣な笑いを浮かべ、感情を入れずに言った。「命令は法だ。法は守らねばならない！」 近づいて、彼は執行人に命じた。「とどめをさせ！」二つの拳銃が火を噴き、男は墓の中に倒れこんだ。二人の男は急いでその体に土や石をかけた。彼らは軍靴とジャケット、ツルハシと鋤を持ち、まるで何もなかったかのように手をはたいて、移動の準備ができているゲリラ・グループに加わるために急いだ。

第一六章　とても柔らかい枕

一九四七年の一二月のある寒い日、ギリシャの内戦が続いていた。

その当時ぼくの家族は、オリンパス山（Mt. Olympus）の斜面にあるバクライナ（Bakraina）と呼ばれる村に避難していた。

ある日、ぼくと五歳年下の妹は、人気のない仕事場で遊んでいた。そこでぼくたちは、箱に入った真新しい一足のブーツを見つけた。ぼくたちは、それを家に持ち帰り、それを祖父に渡した。祖父は、ドアの後ろに、そのブーツを隠した。

その夕方、ヤギのミルクとシリアルからなる簡素な夕食を取った後、ぼくたちは、地面の上に敷かれたマットの上で眠ろうとしていた。ぼくたちは、マットレスのあるベッドを持っていなかった。当時、マットレスは、贅沢なものだったから。

祖父の、妖精と龍についての魅力的なお話を聞いた後、妹とぼくは、もっと暖かくなろうと、毛布の下に入った。

ドアを誰かがノックするのを聞いたとき、ぼくはほとんど眠りかけていた。母が、ドアを開けた。すると、二十歳代の若い女性がそこにいた。彼女は、ラリッサ（Larissa）の街から、ぼくたちの隣人である彼女の叔母を訪ねるために来たのだった。

その女性は、ドアのところに立っていた。そして、震えながら助けを求めた。かくまってほしいと頼んだ。共産軍ゲリラたち（antartes）が彼女を追っていた。

半分眠った状態で、ぼくは、母が彼女に「毛布の下の子供たちの間に行って隠れなさい。あなたの隠れる場所は、その他には無いわ」と、言っているのを聞いた。

間もなく、冷たく震えている人が、ぼくとすぐ眠ってしまった妹の間にいるのを感じた。

見知らぬ訪問者が、その腕をぼくの体のまわりに置いたとき、ぼくの頭は彼女の胸の上にあった。ぼくは、彼女の心臓が、鼓動するのを感じることができた。彼女は、ぼくたち二人を抱きしめはじめた。彼女は息を切らしていた。

数分後に、そのドアに乱暴なノックがあった。私の祖父は、暖炉のそばに座っていたのだけれど、立ち上がりドアを開けに行った。

ぼくが重い毛布の端越しに片方の目でじっとドアの方を見たとき、あごひげのある巨大な荒々しい顔つきの男が見えた。胸を十字に交差する皮ひもにつけたたくさんの弾薬筒を重そうに持っている、武装した男であった。明らかに彼は共産ゲリラの一人であった。

「同志だ!」と、彼はぼくの祖父に話しかけた。そして、「われわれは、われわれの戦いに新しく入れたいと思っている女を追っているのだ。彼女はここにいるのか?」と訊いた。

ぼくの祖父は立ち上がり、彼は手に持っていた暖炉のための鉄の火かき棒を下に置いて言った。「ようこそ、同志！ 私は何も見ておりません」と答えた。

そして、祖父は急いでドアの後ろに行き、一足のブーツを持ってきた。そして、その靴を男にわたし、「これは、あなたのためのプレゼントです、同志！、戦闘のために必要でしょう」と言った。

その男は、新しいピカピカのブーツをひっつかんだ。そして、何も言わずに、夜の中に姿を消した。

祖父は外に出て、乾いた丸太二本を持って中に入ってきた。そして、暖炉にその二本を入れた。

間もなく温かさが大きな部屋に広がった。そして再び、私の眼に眠りがやってきた。

三人の若い体が触れることによって、温かさはおおいに増した。

その女のひとは、朝までまったく動かなかった。朝になって、そのひとが窓を通り抜けて鳥のように飛び去るまでは。

その夜嵐が過ぎ去ったあと、ぼくは、いつもの堅い小麦殻の枕と、贅沢なとても柔らかい枕の違いを体験した。それは、あの若い女性の乳房だったのだ。

第一七章　窃盗犯とニワトリ

一九四七年八月、私たちは村を立ち退かなければならなくなり、避難民となった。そして丸一日歩いてサイモスの宿（Simos's Khan 隊商宿）にたどり着いた。私たちのラバは私たちの財産全部を運んだ。それは衣類、毛織の毛布、必要最低限の台所用具であり、その鞍の上には二羽のニワトリが入っている鳥かごがあった。隊商宿は小さな川の側の狭い谷にある素朴な宿屋だった。その宿は小屋を備えていて、たいていは補給物資を運ぶラバの馬方たちのためのものであり、彼らは徒歩でおよそ一二時間離れた一番近くの町ピュリ（Pyli）から遠く離れた山村にそれらを運んでいた。乗り物用のアスファルトや砂利道はなかった。

私たちはそこで夜の間、同じ村から来た何組かの家族と一緒に野営した。かなり寒かったので、温まるためにキャンプ・ファイヤーをした。暗くなって、私たちの母はラバに川で水を飲ませるために出て行き、その間に私たち子供はテントを張るのに忙しかった。私たちは湿った地面に立てられた二本の垂直の木材とそれらに橋渡しする水平の部材を使った。

その地域で悪名高い泥棒のコウツィオル（Koutsioru）という年配の女が、私たちの母の不在に付け込んだ。その女は、素早い巧妙な手口で、鳥かごから二羽のニワトリのうちの一羽を盗んでまんまと逃げた。母は帰ってくると間もなく盗難に気づいて、すぐに誰が犯人かを知った。

そう遠くないところで、その女は自分のエプロンの下に略奪品を隠して、木の幹の後ろに隠れていた。女はニワトリを絞め殺そうとしたが、ニワトリの上げた叫び声が女の罪を暴いた。母はその叫び声を聞くと、私が母の後を追ううちに、木に向かって突進した。そこで母とコウツィオルとのこの劇的な問答が始まった。

「あんたはうちのニワトリを一羽盗んだ。これはひどいことよ。今すぐ返しなさい！」

と母は要求した。

「私がニワトリを？　いったい全体！　私じゃないよ！　いつのことだい？」

「たった今よ！　ニワトリを寄こしなさい！　私たちからニワトリを盗むなんて恥を知りなさい。私たちには卵が必要なのよ。」

「あんたは頭がおかしいね！ どのニワトリのことを言ってるんだい？ かまわないでおくれ！」

「子どもたちのために卵を産むうちの白いニワトリよ。返してちょうだい！」

「私はあんたのところのニワトリなんか盗ってないよ」と女は言い張った。

「でも、あんたはエプロンの下にニワトリを隠してるじゃない！」

「大きなお世話だ！ とっとと消え失せろ！」

母は怒り狂った。落ち着きと抑制を失って、女の肩をつかんで揺さぶった。女はおびえた。女は身を守るべく両手を挙げると、突然、死んだニワトリが転がり落ちた。女は口論の直前にまんまとニワトリを絞め殺していた。

「これは私のニワトリではないって言うの？」と母が尋ねた。

「そうさ、私のだよ」女が言った。

「まあ！ あんたは恥知らずの泥棒だけじゃなくて大嘘つきなのね！」母はそういってニワトリを地面から拾い上げた。私たちはテントに歩いて戻った。

間もなく黒い鍋が、新しい水をいっぱいにして沸かすために火にかけられた。母はニワトリを思いもかけないスープとして調理した。料理を手伝っていた姉は、ニワトリの胴が二つに切断されたとき、卵になるはずの小さな黄色い卵黄でいっぱいなことに気づいた。

「なんてかわいそうに」と姉は言った。「泥棒のせいで私たちは今夜チキンスープを飲もうとしているけど、やがては卵一個も食べられない日が来るわ」。

第一八章　ユリシーズの策略

公式の統計によれば、ギリシア内戦（一九四六―四九）で四万人以上が犠牲になったとされているが、非公式な見積もりでは、最大一五万八千人に及ぶ。

更に、一〇万人以上の人々が、亡命者として国境を越え、鉄のカーテンの国々の「赤い楽園（Red Paradise）」を経験した。これらのうち二万八千人は、悪名高い誘拐計画「ペドマゾマ（paedomazoma）」のもとに誘拐された子供たちだった。

ぼく自身も、もし、ユリシーズの巧妙なごまかしの策略を使って、こうしてかろうじて逃れていなかったら、誘拐という同じ運命をこうむっていたことだろう。

ぼくが、九歳のとき、ぼくたちの先生は、神話の授業でぼくたちに、機知に富んだイサカ王（King of Ithaka）ユリシーズと、ホメロスのオデッセイ（Homer's Odyssey）の中で語られている魅惑的な話をしてくれた。先生は、ぼくたちに英雄の苦難、難破について、そしてトロイ（Troy）の陥落のあと、彼の帰還途中の他の冒険について話してくれた。

ぼくの子供時代の想像を掻き立てる驚くべき話の一つは、ユリシーズが一眼の巨人ポリフェマス（Polyphemus）をだまし、その策略のおかげで、洞窟から逃げ出すという創意に富んだ知力だった。巨人は、洞窟の門を、どんな男も動かすことのできない大きな岩でふさいでいたのだった。

一九四七年の冬の間、ぼくたちは、オリムパス山の斜面のテムピ・ヴァレイから遠くないバクライナと呼ばれる村に、避難民として住んでいた。

ある寒い朝、武装した二人のアンタルテス、すなわち、「民主軍隊」の共産主義者主導の革命家二人が、学校に入ってきた。

彼らは、ぼくたち少年三人、最も強そうな少年たちを指さして、「ついて来い」と命じた。

先生は何も言えないままで、ぼくたちが何かいたずらをしてしまったのだろうと考えた。

アンタルテスの意図は、ぼくたち子供を新兵に補充することだった。表面上は、子供たちの保護のためであるということだったが。　子供たちは、その後で、共産主義者の教育システムのもとに教義を教え込まれ、トルコの法律ジェニトサリ（Jenitsari）のように、ギリシャにおける未来の共産主義向上に使われる可能性があった。

アンタルテスによって、一キロメートルかそこら、引っ張ったり、押したりされた後に、ぼくたちは、ペネウス川（Peneus River）の岸近くの背の高い木の下の集合場所に着いた。

そこで彼らは、ぼくたちを分けた。ぼくのクラスメートの一人は、病気で家に送り返された。もう一人の少年、ぼくの友人ギオルゴス（Giorgos）は、アンタルテスのもう一つのグループに送られた。ぼくは一人残された。それで、ぼくは心配になってきた。一緒にいるということは、ぼくたちを強くしていたのだ。

そこの丸太の積み重ねられた上に立ちながら、二十歳代の眼鏡をかけた痩せた男、指導者になったかつての学生がスピーチをした。彼は、近隣のバルカン諸国によって達成された社会正義の重要さを説いた。そして、ぼくたち子供がそこで教育されたなら、自分たちは大変幸運だと考えなければならないと力説した。

スピーチが終わった後に、ぼくたちは、レンズ豆のスープと、食料の玉ねぎを与えられた。

そのあと彼らは、ぼくたちを、近くの水の泉に行かせてくれた。喉の渇きを癒すためであった。

泉のまわりには、小さい陽気な仔羊もいる、羊の群れがいた。ぼくは、愛嬌のある仔羊たちを見て、彼らの幸運を羨ましく思った。その瞬間、ぼくは仔羊だったら良かったと思った。そのときぼくは、彼らを待っているナイフのことを考えなかったのだ。間もなく、夜がやってきた。「ぼくたちはどうなるのだろう？」と、不安になり思いをめぐらせた。

突然に、すばらしい考えが、ぼくの心をよぎった。羊の間に隠れて、四つ足で這う。仔羊であるように振る舞う。こうして、アンタルテスをだまし、ユリシーズのように逃走できないだろうか？ ぼくは、実際に、この変装を使うことによって自由へと脱出することができるだろう！

ぼくは、ただちに、ユリシーズのトリックを利用した。ぼくは、ユリシーズのように自分自身を雄羊の下にとじこめる代わりに、身をかがめて、川岸に向かって移動している羊の間を歩き始めた。このようにして、ぼくは何とか、こそこそと立ち去った。ときどきつまずきながら川の岸に沿って走った。ぼくは、かなりの距離を踏破した。

ぼくは、彼らから見えないところに来たとき、立ち止まり、深い息をした。そして逃げてきた方を見た。ぼくは、遠くに羊の群れを見ることができた。その後方には焚火の煙を見ることができた。アンタルテスは、暖を取るために、そして、羊の肉を焼くために焚火をしていたのだ。

ぼくは、仔羊たちよりも、どんなに遥かに幸運かを考えた。そして、自分自身を祝福した。

それから、三〇分歩いたあと、ぼくは家に着いた。母は、ぼくを見て、たいそう喜んだ。

その次の日、母は、ぼくの叔父であるパパ・ラムブロス（Papa-Lambros）に――その叔父は、トリカラ（Trikala）の教区牧師であったのだが――彼の家にぼくを隠してくれるように、ぼくが学校に行くことが出来るように頼んだ。

ぼくの叔父は――彼を覆っている地球が明るくなりますように――ぼくを喜んで受け

入れてくれるだけでなく、一時的にぼくを養子にしてくれた。叔父は、ぼくの手を引いて、連れて行ってくれ、ぼくをクラスの先生に紹介した。信じられないかもしれないけれど、七二人の生徒がいて、彼らのほとんどは、ぼくのような近隣の村々の避難民たちであった。ぼくたちのほとんどは、貧しくて、ちゃんとした靴を買うゆとりがなかった。

ぼくは、四年生に登録された。この学年は、ぼくが定期的に出席することができた、小学校の六つの学年の中のただ一つの学年であった。その他の学年は、とても変則的であった。一つの村に五カ月の出席、別のところに三カ月といったありさまであった。学習場所も、時として、ぼくたちは教会で学習した。別の時には、木の下であった。あるいは、小屋の中で行われたこともあった。ぼくは、学校に行くのにしばしば裸足で、一時間以上も歩かなければならなかった時期もあった。

かなり年月が流れて、ぼくがサロニカ（Salonica）大学の学生で、セオドア・プロドロモス（Theodore Prodromos）のビザンチン（Byzantine）の詩を学んでいるとき、「生徒だったころ、彼は、履く靴を買う余裕がなかった」という一節を読んだ。

While he was a pupil he could not afford to have shoes on....

ぼくは、靴をなかなか持てなかったのは、ぼく一人ではなかったのだと、悟った。

第一九章　西瓜（スイカ）

それは、ギリシア内戦の最中の一九四九年八月のこと。ガラニス（Galanis）少佐と、彼の厳選された男たちの大隊は、南ピンドゥス（Pindus）の山岳地域を一掃した。

彼の目標は、どんな武装した抵抗集団の地域も残さず粛清することであった。

ぼくたちの住んでいた村の住民は避難した。およそ二〇〇の家族たちは、雨を防ぐために樅の木の下に、寄るべなく夜を過ごさなければならなかった。ぼくたちは、「不便を忍ぶ」と、よく言われるような状態で、地面の上で眠っていた。

ガラニスの大隊は、一晩、およそ海抜一五〇〇メートルのレウッサ峠（Leoussa Pass）でキャンプをした。その高原は、軍のテントで一杯になった。司令官ガラニスのテントはシダの木の下に張られた。そして、武装した衛兵がその周りを歩き、地平線を見張っていた。

ぼくの叔父、パパ・ラムブロスは、近くの村の教区牧師で、背が高く禁欲主義の人物であったが、ぼくが父を亡くして後は、ぼくを彼の保護のもとに置いた。叔父は、「午後六時に司令官の本部に大隊の司令官を訪問することになっている」と、ぼくに告げた。ぼくたちは、村を離れて、登り坂のヤギの小道に沿って行った。一時間歩いた後にキャンプに着いた。

高原に着いた時、ぼくたちは、およそ五〇〇人の男たちを見た。男たちは散在していて、彼らのライフルを磨いている者、ひげを剃る者、グループで歌う者など、叔父が見て大まかに判断した数だった。ギリシア国旗が細い木に高く揚げられていた。さらに上に、もっと大きなテントがあった。それをぼくたちは、司令官のテントだと考えた。

衛兵がぼくたちを見たとき、ぼくたちは、ぼくたちの到着を知らせる彼の声を聞いた。

司令官は、背が高くて、頭の禿げた四十代の男であった。彼のテントから出てきて、ぼくの叔父にうやうやしく挨拶をした。それから、ぼくたちの両方と握手をした。ぼくはこの瞬間叔父のことを、誇らしく思った。

叔父の介在は、左翼の人たち、あるいは彼らの反対者たちに同調する多くの人々の命を救ったのだ。

司令官はぼくたちを彼のテントに招き入れた。そして、ギリシアの酒ウーゾ（ouzo）をぼくの叔父に、ぼくにレモネードを出すように命じた。そして、彼らは話し始めた。

しばらくして、ぼくは、兵士たちを見るために外に出た。すると、衛兵は、ぼくに数々の質問を始めた。ぼくの名前は何というのか？　何歳か？　ぼくが学校に行っていれば何年生か？　等々……そうしたことを質問したのだった。

そして、彼は、ぼくに、「西瓜を欲しいか？」と、尋ねた。もちろん、ぼくは西瓜が欲しかった。山の上で、誰が西瓜を欲しくない者がいるだろうか？　彼は、ぼくに言った。約百メートルはなれた灌木の茂みを指して、「自分で行って、自分自身で、あの茂みの下の大袋から取って来なさい」と。

ぼくは、ためらいながら、大袋の方に向って行った。そこには、太陽に照り付けられた一つの茂みが小さな日陰を作っていた。ぼくが茂みに近づいたとき、ぼくは、ひょっとしたら西瓜である、ある丸い形の物体で一杯になっている大きい茶色の袋に気づいた。しかしぼくが、驚きショックを受けたことには、袋を開けようとしたとき、ハエの群れがぼくを襲ったのだ。

ぼくには、袋が、一〇個余りの切られた人間の頭で満たされていることが、一目見ただけで分かった。彼らは、髭を付け、半分目を開き、乾いた血で覆われていた。

ぼくは、恐ろしい、ぞっとする光景にショックを受けた。恐ろしさによろめきながら、ぼくは、司令官のテントの方に退却した。何という残虐行為！

衛兵がぼくに向けたいたずらに、笑いをこらえようとしているのが見てとれたので、ぼくは彼に言った。「ぼくをびっくりさせるためのこの方法は、正しい方法ではありません。ぼくはこのことを司令官に訴えようと思います」と。

衛兵は、直ちに彼の態度を変えた。そして、当惑しているように見え始めた。彼は、ぼくに求めた。いや、ぼくに懇願した。「一言も言わないでくれ！」と彼は言った。「あれは、単なる冗談だよ」と。

ぼくは、彼の残酷さは大目に見てもらうべきではないと思った。

ぼくが司令官のテントに着いたとき、ぼくは、以下のような会話を聞いた。

「神父様、貴方は不可能なことを私に求めようとされる。私は、どんな忌まわしい武装した共産主義者も、根絶するように命令されているのです！」

「親愛なる少佐、これは神の意志ではない。二度と殺戮をしてはいけない。私は、私の息子を失った。息子の名前はアレクサンドロス（Alexandros)、彼は高校の学生だった。兵士たちは、息子が運んでいた通達を見つけたのだ。そして彼をとても激しく殴ったので、息子は、その三日後に彼の命を落としてしまった。それでも、私は、彼ら軍隊の兵士を許したのです」。

「貴方は、牧師で、信心深い方だ。だから、貴方は許せたのだ。それに引き換え、私は、軍隊の人間だ。そして、一人の復讐者だ。私には、従わねばならない命令があります」。

話していた二人がテントから出て来るや否や、ぼくは、涙をためて、司令官に訴えはじめた。ぼくは、ぼくに起こったことを説明した。

司令官は驚いた。そして、ぼくの説明に面食らった。ぼくの叔父も当惑した。

二つ三つの質問を衛兵にした後で、司令官は彼を叱責した。そして、彼に銃を引き渡すように命じ、ここから出ていくための荷造りに行かせた。

ぼくをなだめるために、司令官は、彼の将官つき副官に、――その時副官は丁度姿を見せた時だったが――レーズン一箱をぼくに与えるように命じた。

しかし、そのレーズンを受け取ることをぼくは断った。

司令官が、「何故なんだ」と、聞いたので、ぼくは答えた。「貴方の干しブドウは、衛兵の『西瓜』のように、偽物かもしれません。いりません」と。

そして、ぼくはさらに付け加えた。「ぼくの見た切られた頭は、父親たちのものです。ぼくの父のような！　誰が彼らを虐殺したのですか？　司令官は、そのようなことを命じるべきではありません。何故、これらの男たちは死ななければならなかったのですか？なぜ、敵を監獄に入れることが出来ないのですか？」

司令官は、彼の禿げた頭を掻き始めた。

ぼくは、叔父の手をつかんだ。そして、その場所を離れることを求めた。キャンプを去るとすぐ、ぼくは振り返った。そして見た。

司令官が、テントの外に座って、彼の両手で頭を抱え込んでいるのを。

第二〇章　ダブリン出身のエルナ

イギリス人の父とアイルランド人との間に生まれたエルナは、ダブリンでくらしていた。ケファロニア島（Cephalonia）出身の水兵だった父は、船に乗り、「ダブリンは、美しい町、そこの女の子たちはとても可愛らしい」と、歌われている港で母と出会った。

一九四〇年代の半ば、エルナが二〇歳の頃、ギリシアは激しい市民戦争最中だった。エルナはイギリス陸軍に従軍、遊撃隊としての訓練をうけていた。流暢にギリシャ語を話せたので、エルナは、戦争中のギリシアを飛び、ルメリ（Roumeli）地方の山中のある地点にパラシュートで着地するという重要な任務に就いていた。その地域でのエルナの任務は、監視であり、宣伝活動であり、そのためにエルナは訓練されていた。数年後、アイルランド人作家パトリック・リー・ファーマー（Patrick Leigh Fermor）による『ルメリ』（*Roumeli*）の出版のおかげで、この地方はよく知られるようになった。

ある真っ暗な夜、彼女は英国陸軍（ＲＡＦ）機からルメリの台地をめざした。回転式拳銃、双眼鏡、地形図と三日分の乾燥食料と救急箱を携え、大胆なエルナは、十字を切り短く祈りを唱えて、パラシュートを使い無名の地に向けて飛び降りた。彼女のパラシュートはスムーズに開いたが、着地はそうはいかなかった。強風のために、彼女は岩の上に着地し、両足首を脱臼してしまった。

小さな谷近くで山羊の群れを飼っていた年老いた小作人の夫婦、ステファノス（Stephanos）とエイレネ（Irene）は飛行機の騒音を聞き、かすかに何かが落ちるのを見た。二人は奇妙に思い、松明を掲げその場所に近づいて行った。岩の上に座っていたエルナは、何とかパラシュートをかき寄せ、リュックサックを開け、絆創膏を探し出して足首に貼った。彼女は痛みは激しく動くことができないとさとった。立ち上がり歩こうとしたが、とても無理だった。でも、そのころ、二人はだんだんエルナに近づいて来ていた。彼らには、夜のしじまに、うめき声とため息が聞こえた。エルナは、彼女を撃つかもしれない松明を持った見知らぬ人たちを恐れ、ギリシア語で話しかけた。

「こんな時間に招かれざる客を受け入れてくれますか？」

「わしらに危害を加えないならお客さんを受け入れるよ」。

「私は足を痛めてしまいした」エルナは言った。「それで、歩けません。」

「わしらが手助けしょう」と、男は言った。

ステファノスは支えるために肩を差し出し、エイレネは、重い彼女のリュックを担いだ。三人がやっとの思いでたどり着いた石づくりの小屋の中では、大きな丸太が暖炉で燃えていて、歓迎の温かさを醸し出していた。聖母マリアの肖像画の前で点っているオリーブ油ランプのほのかな光が、エルナの美しい顔と農民夫妻のみすぼらしい顔を照らし出した。

エイレネは、空から落ちて来た想定外の訪問客のために、新鮮な暖かい山羊のミルクを大きな陶器製のカップに急いで入れて来た。

「じゃあ、わたしらのベッドで休みなさい。すぐに夜が明けるよ」と、エイレネが言った。

「それで、お二人はどこで寝るのですか」と、エルナはたずねた。

「わしらは寝ないよ。わしらは、四〇頭の山羊の搾乳を始めるのでね。わしらは、山羊を五〇頭飼っていたけれど、一〇頭をアリス陸軍大尉の部隊に供出したのだ。このことが、社会正義闘争へのわしらの軍税だよ。」

エルナは、夫妻のベッドに就いたが、一睡も出来なかった。痛みが激しく続いていたことと、固いマットの上で良心の危機を考えさせられ、彼女は考えに耽っていた。「私は、こんなに貧しい人たちにどんなプロパガンダを伝えることが出来るのだろうか」と、彼女は自問した。

太陽が山の頂の背後から姿を現し始めたとき、手足の脱臼を治せる老女を伴って、エイレネは帰ってきた。堂々とした樫の木の木陰で、エルナの足首は器用な老女によって癒された。

エルナは、一ヶ月以上夫妻の所に留まった。彼女はいろいろなことを夫妻や他の羊飼いたちと話し合った。彼女は辺鄙で取り残された山間の地での生活についての情報を集め始めた。彼女はメモをとり、イギリスの新聞に記事を書いているのだと彼らに言った。

エルナは徐々に回復し、太古のような場所を好きになり始めた。松葉杖を使いながら、料理や日々の雑務を手伝ったことがエイレネに深い感動を与えた。エイレネは冗談で、エルナを養女として、良い若者を彼女の夫に見つけたいとさえ言ったが、エルナには別の考えがあった。彼女は理想主義者であり、現実的な若い女性であった。質素な田舎生活、日々の糧を入手するこの困難さ、そしてあるじたちの実直さを体験してから、エルナは彼女のミッションを再検討し矛盾を感じ始めた。資本主義世界の富裕層について、また、あがいている人々について。

日夜二週間以上も自問し続けた後、彼女は脱走兵、戦線離脱者になろうと決心した。彼女のミッションを成し遂げる代わりに、民主党陸軍に入隊し、看護師として働いた。その後、民主党陸軍が敗れ、エルナは投獄され、軍事裁判にかけられた。アテネ（Athens）とケファロニア（Cephalonia）にいる彼女の親戚たちは、銃殺執行隊から彼女を救出するために奔走した。彼女はギリシャを離れ、イギリスに戻った。その後、エルナは、スコットランドの田舎家に移り、モーニングスター社に記事を書くことに専念し、社会正義のために闘い続けた。

第二一章　呪い

テッサリア平原の周辺部の村に建っていたその館は、扉、窓、バルコニーが緑色に塗られ、立派な二階建ての建物であった。周りには、倉庫、家畜小屋、果樹園があった。間違いなく村で一番目立つ建物だった。村人達は、「羊飼いの主の館」と、名付けていた。建物の主は、秋にアスプロポタマス（Aspropotamos）の山岳地方から、冬を越すために彼の羊の群れを連れて来る牧畜業者であった。抜け目の無い便宜主義者であった彼は、一万五千平方メートルの広大な牧草地をうまく買い入れた。「価値はほとんど無い」と、ぼくたちの先生は言っていたが。

彼は、村の小作羊飼いと、五〇頭以下の羊を所有した「兼業家」（minglers）と呼ばれていた小作羊飼いを雇い、羊小屋を掃除する妻たちや娘たち、小作人たちが飼っている牧羊犬までも雇っていた。

少なくとも村人の半数の男たちがこの男の支配下にあり、保護されていた。例えば、一九四五年の羊飼いの報酬は、聖デミトリウス祝日（St Demetrius'Day）から聖ジョージの祝日（St Georges' Day）の六ヶ月間で、約九〇〇キログラムのとうもろこし粉であった。言い換えれば、ひどい搾取であった。

最も過酷な仕事の一つは、雇われ羊飼いの妻や娘たちが冬の間に根掘り鍬を肩に担いで行き、トキワガシの茂みで、羊の寝床用に根こぎをすることであった。

ある冬の朝、この羊飼いの主は、死刑執行人、いや、むしろドラキュラのような風貌の背が高くてやせっぽっちのかしらを連れて羊飼いのあばら屋を一軒一軒回り、女たちに羊の寝床用の枝を集めて来るように言って回った。この仕事は、冬の間中、三日おきに繰り返された。

二人の男が、産褥にいる羊飼いの妻の小屋に行き、働きに出るように命令したが、彼女は無理だと答えた。彼女は、マットで新生児を胸にぴったりと抱き、毛布にくるまり寝ていた。羊飼いのかしらは、小屋に入り、家族の日々の糧のとうもろこし粉の袋を奪い取ると脅した。彼女は、産後まもなく起きて働くのは無理だと繰り返して言った。石の心の男は、無言で小屋に入り、突然無情にもとうもろこしの袋を引きずり出した。他の二人の子供たちは泣きだした……この惨事を見て、哀れな女は憤慨して男を呪いだした。「空からおまえの上に炎が降り、おまえを燃やせ！　これが私の呪いだ！」

冬が過ぎて春が来た。ある日、ぼくは、先生に机や椅子の移動を手伝うように頼まれた。学校からの帰り道で、一羽のコウノトリが空を舞っているのを見た。大きな鳥は、村のゴミ置き場から拾い上げた火の点いた長いぼろ布を嘴にくわえていた。コウノトリは羊飼いの主の館の煙突の上の巣に向かっていた。

しばらくして、コウノトリは巣に着き、長い翼をたたんだ。すると、何とも言い難い大変なことが起こった。ぼろ布が巣の乾いた小枝と乾いた葉っぱに触れたとたんに火が点いたのだ。巣は燃え始めた！　それと同時に、炎は煙突を下り家の中に入った。そのとき、家には誰もいなかった。すぐに煙と炎は半開きの窓を包んだ。

ぼくは急いで学校に駆け戻り、見たことを先生に伝えたが、悲しいことに遅すぎた。火は床と天井に燃え移り、かつては堂々とした家は半時間とたたないうちにマッチ箱のように炎で焼き尽くされた。もうもうと煙を上げる扉、ぱっくりと開いた窓……

ぼくは家に帰りながら自問せずにはいられなかった。「あの火事の原因は、産後のあの女性の呪いだったのだろうか？」　ぼくにはその答に自信が無いので、読者にその答を委ねたい。

第二二章　独裁的な司教

内戦が九分どおり終わった一九四九年の夏のある日曜日、村の教会で礼拝式の終わりにクリストス神父は、次の日曜日に私たち信徒は村を訪れることになっている司教自らの恩寵を受けるであろうと公表した。信徒たちの何人かは、司教はイエスの現世での代理人であると信じているので、そのニュースは多くの人々を喜ばせた。

遠い山地の村にはその当時は高速道路はなかった。一番近くの小さな町からの道のりは徒歩で丸一日かかった。司教は自身のメルセデスを使うことができないので、イエスのようにロバには乗らず、ほかに二頭の馬に随行された、輝く鞍を置いた馬に乗ってやってきた。それらの一頭は彼の修道院長の、もう一頭は彼の執事のための馬だった。

ラバ道を行く三人の乗り手は、徒歩による一二人の聖職者に随行されていた。彼らはみな、近隣の村々の教会区司祭だった。騎馬行進は土曜日の朝に出発して、人跡のない場所、森林、丘、小川を通り抜けた後、遂に午後に村に着いた。彼らは、村にはホテルや宿が無いので、その夜はそれぞれで村の長、登記係、教師の家で客として過ごした。

日曜日の朝、教会の鐘が途切れなく鳴って、村人達を礼拝式に出席するよう招集した。まもなく教会はおよそ三〇〇人の人々で埋め尽くされた。

当時、私は一四歳で高校の新入生であり、大人になったら牧師になりたいと強く願っていた。私の叔父は近くの村の牧師で、また、私の小学校の教師の一人は牧師だった。私への彼らの影響はそれゆえに計り知れないものだった。彼らによって私は、さまざまなギリシャ正教会の讃美歌の詠唱の仕方やいろいろな祈りの言葉の暗唱の仕方を学んで聖書に精通するようになった。しかし私の最高の強みは教会の奉仕者になるという私の熱意だった。けれども、この熱意はその日曜日に司教自身が引き起こした以下の出来事のため、残念ながら消滅した。

その日曜日、満員の教会で司教は明らかな自己満足を持って司教座に上がり、礼拝式は進んだ。クリストス神父がまさに福音書からの一節を読み始めようとしたとき、司教は突然神父を阻止して声を張り上げ、急に叫んだ。

「クリストス神父、君の靴下はかかとに穴が開いている！　怠けた女房に繕うように言いつけなければならないぞ！」

これを聞いて、哀れな神父は雷に打たれたかのように立ち尽くした。神父の舌の根は乾き、横暴な上司に対して卑下するようにうなずき、何とか聖書を読み上げた。

ちょうどその時、信徒団の一人の長老が言うのが聞こえた。

「なんとひどいことを！　なぶりものではないか！　こんな時に哀れな神父を笑いものにするというのか？」

クリストス神父は聖書のその章を読み終えるとよろめきながら祭壇に入り、聖歌隊が賛美歌を歌っている間、古い椅子に身を投げ出していた。神父を手伝っている祭壇の少年が、神父に近づいた。教会のローソクのように青白くなって汗をかいている神父は水を求めた。少年は急いで持ってきた。神父は水を飲んで顔色が戻ると、言った。

「大丈夫だよ、幸いなる子よ。責めを問われるのは私の妻ではなく、道路なのだ。それでも、師は聖書の朗読を妨げるべきではなかった。靴下の穴は私がこの地から他の村に歩いていてできたということ、それが靴下が擦り切れた理由だということを師はご存じなかったのだ」。

礼拝式の終わりには、私は聖職者になりたいという自分の決心に疑いを持つようになった。一方では自分の中には見いだせないクリストス神父の謙虚で寛容な態度に敬服した。他方で私は「師」と敬称で呼ばれる人たちである司教が心無い横暴な振る舞いをすることがどうしてできるのか考えた。熟考の末、私は憤慨してただちに聖職者にはならないと決心した。なぜなら、もし私がクリストス神父に代わってそんなに不当に屈辱を与えられたなら、無作法に反発して「師」とその尊師を地獄に送り付けるだろうということがわかったからだ。

第二三章　ハンガリーから来た友人

次の出来事は、私がアルバニアとの国境近くで第五七五歩兵大隊で軍務についていたときに起きた。その冬の夜、私は当直士官であった。すなわち私は、その夜は野営地で明かさねばならず、およそ五〇〇人の兵の安全に責任を負っていたのだ。われわれの部隊は、カストリアの町の近くに配置されていた。しばしば不意の視察と機動演習があり、われわれは真夜中に起床して行動に備えなければならなかった。命令はカストリアに本部を置く第一五陸軍師団から発せられていた。

一二月で雪が降っていた。ちょうど真夜中を過ぎたころ、私は与えられた指示と規則に従って歩哨たちの勤務ぶりを見て回り、その後大隊本部の自室に戻り、横になった。

われわれはその夜はいつでも機動演習の命令が下るだろうと考えていたので、戦闘服と長靴を身に着けたままだった。将軍は、たいてい悪天候の中、夜半以降に命令を出すのを好んだのだ。

その夜、私の使者兼電話交換手として、またその他の雑用をするために私のもとに送られてきた一人の伍長のおかげで、暖炉には火が入っていた。広い部屋の中で灯はほの暗く、彼の顔ははっきりとは見えなかった。しかし、私は彼の言葉に軽い外国語訛りがあることに気づいた。

「どこの出身かね」私は尋ねた。「君のギリシア語には訛りがある。キプロスの出身かね。」

「いいえ、中尉殿、私はテッサリアの出身であります。」

「まさか。テッサリアではそのような話し方はしない。私自身がテッサリアの出身だからよく知っている。」

「はい、実は私は九歳のときテッサリアを離れハンガリーで育ちました。そこで一二年過ごしました。ペドマゾマ（ギリシア内戦中の共産ゲリラによる、ギリシアの子供たちの東欧共産圏諸国への大規模移送）のとき共産ゲリラたち（the antartes）にハンガリーへ連れ去られたのです。六カ月前にギリシアに戻って来ました。」

「ペドマゾマだと。どういうことだ。いつの、どこにおけるペドマゾマだ。」

「一九四七年、ラリッサ（Larissa）近くのバクライナ（Bakraina）においてです。」

彼の答を聞き、私はペドマゾマにおける自分自身の危険な試みを思い出した。そのとき私はオデュッセウスのトリックを用いて羊の群れに紛れ込み、何とか逃げ出すことができたのだ。いったいこの男は、共産ゲリラが誘拐した私の級友のひとりなのだろうか。あの長く忘れていた、トラウマになりかねない出来事が、私の中でよみがえった。私は彼の容貌をもっとはっきり見るために前に歩みよったが、その夜は野営地に電気がなく、ライターを使った。彼の顔に近づいたとき、見覚えのある特徴は見当たらなかった。

「伍長、君の名は。」期待を抱きつつ私は聞いた。

「ギオルゴス・プラスタラス (Giorgos Plastaras) です。ジルトニ (Gyrtoni) 出身です。」

彼は答えた。

「ギオルゴス・プラスタラス、……ギオルゴス・プラスタラスだと。……聞き覚えがある。私には同じ名前の友人がいた。まさか、君なのか、ギオルゴス。私たちは同じクラスではなかったか。遊び仲間ではなかったか。私はパノス（Panos）だ。覚えているか。」

「はい、覚えています。パノス、お父上が亡くなった……」

私たちは兄弟のように抱き合った。

「何という奇縁でしょう。」彼は言った。「時は物事や人をこんなにも変えてしまうのですね。」

「ぜひ教えてくれ。『赤の楽園』での生活はどうだった。」

「ひどいものでした。」ギオルゴスは言った。「ギリシアを恋しく思っていました。いつも帰りたいと思っていましたが、帰れませんでした。今になってやっと『赤の楽園』のおかげで、私はなんとか本国に送り返されたのです。両親ともに亡くなりました。母は、ゲリラの連中が私たちをオリュンポスからハンガリーまで歩いて行かせた後まもなく、苦労がたたって亡くなりました。ハンガリーへは三カ月かかりました。母は私と別れたくなくて追ってきたのです。残された父は、一年後悲しみに打ちひしがれて亡くなりました。帰国の途中、村にあった我が家を見に行きましたが、廃屋になっていました。屋根は崩れ、扉と窓は朽ちてポッカリと穴のあいた状態になっていました。親戚のことを聞いてみましたが、ほとんどの者が仕事を見つけに他国へ移住したり、アテネへ行ってしまった後でした。哀れな老婆が数人だけ現れて、私のことを甥だとか甥の息子だとか言っていましたが、私には彼女たちのだれ一人もわかりませんでした。私は自分の生まれた地にいながら異郷にいるような気持ちがして、兵役につくために入隊を決意したのです。ここであなたに会えてほんとうに嬉しいです。」

「私もだよ。」こう言って私は彼をしっかりと抱きしめた。微笑みながらお互いを見つめ合い、数分の沈黙の時が過ぎた。その沈黙を破って、私は尋ねた。

「教えてくれ、ギオルゴス、ハンガリーでのその一二年間何をしていたのだ。」

「はい、高校を卒業した後、農業の専門家を志しました。彼らは私をブダペストの近くの専門学校に入学させてくれ、私はそこで多くのことを学んで学位を取りました。この知識をここギリシアで生かしたいと思っています。でも、専門学校で学んでいる間、農業以外の本もたくさん読みました。特に文学書を。詩が好きで、特にハンガリーの国民的詩人であるシャーンドル・ポテーフィー（Sandor Potefi）が好きです。」

「それならいくつか暗唱してくれるかね。」

「よろしいですとも。いくつか暗記していますから（訳註1）。例えば、彼の傑作の一つである『マジャール人よ、立ち上がれ』（*Talpra, Magyar!*）を聞いて下さい。」

部屋の壁にハンガリー語の詩の聞き慣れない、しかし荘重な音が反響した。まだ雪が降っているだろうかと窓へ歩み寄ったとき、棚の上の救急箱の横にメタクサ（ギリシア最古の蒸留酒メーカー）のブランデーの瓶が置かれているのに気がついた。外では休みなく雪が降っていた。暖炉の乾いた薪が赤く輝き、静寂が部屋を支配していた。

「こういう時には一杯飲みたいものだ。」規則に反して私は言った。そして二つのグラスを満たした。私たちは夜通し起きて、詩やその他のことについて語り合った。幸いにもその夜将軍から機動演習命令は下りず、私たちはあれこれと語り続ける機会をもつことができた。

訳註1　マジャール人とは、今日のハンガリー人の自称。ウラル山脈地帯からヴォルガ河流域付近にわたる原住地から、九世紀末に民族移動によって現在地に至る。人口はハンガリーおよびその近辺に千五〇〇万。

第二四章　もう一人のアンティゴネ（訳註1）（Antigone）

一九五九年八月のある日曜日、私はカストリアに近いアルゴス・オレスティコン（Argos Orestikon）で軍務についていたのだが、同名の湖の岸に建設されたこの絵のように美しい町を、同僚の兵士ヤニス・ゴニス（Yannis Ghonis）とともに訪れた。カストリアは、一一世紀から一三世紀にかけて建てられた四〇のギリシア正教会でたいへんよく知られている。これらの教会は左右対称の建築様式と完ぺきな彩色による建造物である。この町はまた、熟練した職人により現地で作られた毛皮製品でもよく知られている。

私たちが町の名所を訪れたとき、ヤニスは近くにある軍人墓地に行き、一〇年前の一九四九年八月にグラモス山（Mt. Gramos）で軍曹として任務についていたときに亡くなった従兄の墓にろうそくを灯したいと思っていた。

グラモスの戦いで戦死したギリシア陸軍の何百という将兵が埋葬されているその場所に着いたのは、真昼だった。この戦いは八月二四日から三〇日にかけて七日間にわたって行われ、内戦の勝敗を決定づけるものとなった。それはアンタルテス（antartes 共産ゲリラ）をギリシアから駆逐する最終段階だった。統計によると、この戦闘でゲリラ兵の少なくとも九二二人が戦死し、多くがアルバニアへ逃れた。一方、ギリシア国軍の兵二二八人と将校一五人がこの地で戦死した。

訪れる人に悲哀と畏敬の念を抱かせるこの悲しみの地を、ヤニスは再び訪れた。彼は従兄の墓の位置を正確に知っていた。私たちは、戦場に倒れた若者たちの名を記した無数の白い木の十字架と、もちろん、これはすべての墓地の特徴的な雰囲気であるのだが、辺りを支配する凍りついたような静寂に感銘を受けた。私はヤニスについて彼の従兄の墓まで行った。ヤニスはそこでひざまずき、ろうそくに火を灯した。

「従兄のことはとてもはっきりと覚えているんだ」とヤニスは言った。「彼が前線へ行ったとき、ぼくは一〇歳で、彼は二一歳だった。彼はぼくを抱いてキスしながら、戻ってくるときには自転車を買って来てやると約束してくれた……」

とつぜん、死のような静寂が、女性の痛ましい泣き声によってかき乱された。黒い服を着た五十代の女性が私たちのすぐ後に入って来た。私たちは、彼女が一つの墓の上に身をかがめ、小さな鍬で穴を掘り始めるのを見た。墓の上に茂っている雑草を根こそぎ取り除いているのだろうと、私たちは推測した。すると彼女は、隣の墓に移動してその墓のところも力強く掘り続けた。そのとき、墓守が彼女に近づき、掘るのをやめさせた。後で墓守が私たちに語ったところによると、これは悲しい話であった。彼女はクシロメロン（Xiromeron 西ギリシアのエトリア＝アカルナニア県内の都市）のどこかで教師をしていたが、グラモスの戦いで双子の息子を亡くしていたのであった。このため彼女はうつ病を患い、時おり正気を失うことがあった。彼女はしばしば精神科で治療を受けていた。

私たちは彼女をすこし慰めようと思い、同情を示しながら挨拶した。彼女は私たちに近づいて来て涙をぬぐいながら、雄弁にドラマを語り始めた。

「私の夫は、双子が生まれた後まもなく自動車事故で亡くなりました。苦労して息子たちを育てたけれども、二人とも一九四九年八月にグラモスで戦死しました。二人はあそこに並んで埋葬されています。そのせいで私の頭はおかしくなってしまったのです。たまに調子がよくて、落ち着いた気持になることもあります。私は治療を受けていて鎮静剤を飲んでいます。お墓には何度も来ました。息子たちは我が国の無神論者の反逆者たちに殺されたのです。ギリシアをソビエトという乱暴者に引き渡そうとした連中に。よく教会に入ってきては、銃剣で聖母マリア様の聖像のお目をひっかき消していた連中に！　私は息子たちの遺骨を掘り出し袋に入れて、私の住んでいるアグリニオン（Agrinion 西ギリシアのエトリア＝アカルナニア県内の都市）に連れて帰りたいと思っているのです。毎日通って二つのろうそくに火を灯してあげられるように、その私の教区の納骨堂に二人の遺骨をおさめるつもりです。私は私の子供たちを近くに置いておきたいのです。でも、墓地の規則でそれは許されません。戦死した兵士の遺族たちがここグラモスとヴィツィ（Vitsi カストリア県内の都市）で記念日を計画する八月になると、毎年政府はデモと暴動を防ぐために警官さえ送って来るのですよ。それはすなわち、我が国の敵に対する戦いに倒れた何千という若者たちに対する記念祭を催すことも敬意を表することも禁止だ、ということなのです。政府は私から自分の息子の遺骨を掘り出して家に持ち帰るという私の権利を奪っているのです」。

墓守が近づいて来て彼女の体をそっと押して言った。「奥様、申し訳ありません。同情はいたしますが、墓地の規則は守らねばならんのです。死者の尊厳を傷つけてはいけません。ここは神聖な場所なのです……」

「私の目的も神聖です。」苦悩する母親は言ったが、墓守は再び彼女をそっと押し、彼女が仕事を終えるのを妨げた。

その場を去るとき、私たちは十字を切って戦死者たちの魂に静かに祈りを捧げ、内戦という無益な戦いについてじっくりと考えた。私たちは深く心を動かされつつ喪服の母親にいとまごいをし、とても悲しい気持ちで墓地を後にした。

少し歩くとすぐに同僚のヤニスはとつぜん足を止め、私を見て言った。「いまの女性はもう一人のアンティゴネだよ！」

「そうだな。君の言うとおりだ。ソフォクレスのアンティゴネが兄の遺体を埋葬することを許されなかったように、今ここで会った母親は、息子たちを墓から掘り出して遺骨を集め、自分の教区に移すことを許されない。歴史は繰り返す、だな」と私は言った。

重い心を抱えて、私たちは部隊へ戻る道を歩き続けた。

訳註1　ギリシア神話で、テーベ王オイディプスの娘。盲になって追放された父王を導いて放浪。父の死後、叔父テーベ王の禁に背いて兄の屍を葬ったので生き埋めにされた、ソフォクレスの悲劇のヒロイン。本書p・56に既出。

第三部　私の自伝的物語

第二五章　私の母

私の母の娘時代の名前は、アンジエリキ・ディアマンディ（Angeliki Diamandi）といった。私は、それをある意味において詩趣に富んだ名前と思っており、私の母にぴったりであった。ギリシア語のadamasに由来するdiamondは、壊れにくい、安易に妥協しない、屈服できない、地中で圧縮によって形成され、そして傷がなく、澄んでかつ変形されない宝石を意味している。アンジエリキは、私の母のこの上もない優しさ、甘美さ、そして貞淑さを反映している。

私の十代の頃、ときどき家族の団欒の際に楽しい時間を過ごしたが、母をフルネームで冷やかす際に、私が彼女のことを「天使のダイヤ」と呼び、そして彼女は私を「いじめっ子のパン」と呼ぶことでしっぺ返しをするのだった。

しかし、薄幸な母の人生は、生活必需品の欠乏と苦労で翻弄された。若い頃、彼女はバルカン戦争（訳註1）によって二人の兄を亡くした。さらに後になって三〇歳のときに、彼女の夫、つまり私の父であるレオニダス（Leonidas）を第二次世界大戦の犠牲として失った。一九四〇年代の初頭に飢餓の亡霊が全ギリシアを席巻している最中に、彼女は、一度に四人もの扶養すべき子供と共に残されてしまった。

父に関して言えば、私にはおぼろげな微かな記憶しか残っていない。というのも、私は三歳半の頃にはすでに父を亡くしていたからだ。私が父の顔を思い出す唯一のものは、私が病気になって、父に負われて医者に連れて行かれた時のことだった。そのときは雪が降っており、母も一緒に何時間もの距離を、最寄の医者に見せるため歩く必要があった。

私の母は、四人の子供を育てなければならなかった。姉は一二歳、兄は七歳、私は三歳、そして末っ子の妹は未だ一歳の乳飲み子であった。母の関心と懸念は、裕福な父親がいる家庭の子供たちでさえ餓死しかけているにも関わらず、四人もの子供を抱えて、どのように食べていこうかという事であった。村で飼っていた二匹のヤギのおかげで毎日のミルクが飲め、家に侵入してくる狼を防ぐための僅かな庭で栽培した作物に頼ることができた。

母は、子供達にひもじい思いをさせなかったばかりか、不屈の勇気と勤勉な働きによって生活のやり繰りをしていた。彼女は、重いウールの毛布やブロケード（金らん織）を自分の織機で織る方法を知っていた。そして、それを売る事によって生活必需品――塩、オリーブ油、石鹸などは最も重要だったが――を一九四一年から一九四二年の厳しい冬の間に得ていた。

幾夏にもわたって母がおこなった他の仕事は、ラバ曳きであった。私たちが住んでいた遠隔の山間部にある村への主要道路はなく、ピリー（Pyli）に最も近い街から五〇キロ以上もあるために、すべての生活必需品は、ラバによって運搬されていた。彼女は、毎週ラバに乗ってそこに赴き、私たちや親戚あるいは近所の人々のためにトウモロコシの粉を沢山積み込んで帰ってきたものだった。当時は、パンのための小麦粉はなかった。ギリシアは、全国民に五ヶ月間のみ食物を支給することができたが、アメリカやカナダの穀倉からの輸入を不況の年に中止していたのである。

母はもとより、私たちにとって最も厳しい期間は、一九四〇年代の十年間であった。最初は、ほぼ五年間も続いたドイツ軍による占領であった。この厄災が、それほど悲惨でないと思えるほど、次に続いた内乱は、五年間も酷い損失と困難をもたらした。私たちの家族は、耐久性のある住居もしくは適切に身を寄せる住まいが無かったので、やむなく難民となった。そして、悪名高いペドマゾマ計画の下に、子供たちは幾つかの鉄のカーテンの国々に送られるのではないかという恐怖から逃れるため、多くの場合に野宿をしなければならなかった。

母は学校に通う機会がなかったが、自分の名前の書き方を独学で習った。彼女と同世代の女性たちは無学、ギリシア風に言うとアルファベット知らずであった。しかしながら母は、教育や学ぶことの大切さに価値を見出しており、そして、もし母が後年私の研究生活を妨害する困難に対しての、熱心な援助者でなかったならば、今の私はなかったと思う。

私たち子供が成長するにつれて、生活必需品に対する母の精神的な心配は、身体的なそれを遥かに越えていた。彼女は、生活することに、食物を得たり住まいを確保する以上の意味があると認識していた。そして母は、本を読むことの重要さを知っていた。やがて内戦が終わり平和が訪れたとき、一家は一〇歳の妹を連れて、ボロス（Volos）近くのカラネラ（Kala Nera）村にオリーブを摘みに行った。そこで私たちは、生前は夫が船長であった未亡人のもつマンションに宿泊していたが、ある日、その心優しい女性は、――私の母と小さな娘を気に入ってくれていたが――膨大な数の書物を片付けてくれないだろうかと頼んできた。私の母は、それらの本を見るや否や、直ちに私のことを思い浮かべた。というのも、ちょうどその頃私は高校へ通い始めたばかりだったからだ。そして、母は家主の女性に、幾冊かの本を貰えないだろうかと尋ねた。「息子さんが本が好きならば、全部持っていっていいですよ」という返事であったので、母は二つの大きなリュックサックに詰め込んだ。中には美しく装丁されたものもあり、母はそれらを私にくれた。本が届いたのはクリスマス・イブであったので、それはあたかもサンタクロースからの贈り物に思えた。リュックサックを開けた時、私は自分の目を疑わないではいられなかった。

当時私の一家はファーサラ（Pharsala）近くの難民の仮設住宅に住んでいて、私はそこから毎日歩いて一時間かけて学校に通っていた。やがて私は、その住まいを「国立図書館」として誇らしく思うようになった。私は、老朽化した建物からもらってきた幾つかの廃材の厚い板を利用して、自分で組み立てた本棚に入れた本を何度も読むようになった。私は、級友たちを家に連れてきて、新しく手にいれた宝物を彼らに見せることができ、それればかりでなく、文学、歴史や芸術に関する幾冊かを貸すこともした。私の本に対する愛着の原点は、まさにこの時に始まると、私は思っている。
私は高校生のときに幾編かの詩を書いたことがあり、その中には、私の母に関するものがある。これらは、もちろん公刊されてはいないが、それらを書いたノートを幾年も経って発見した。それを英語に翻訳して、以下に紹介したい。

母

母よ、あなたはラバ曳きになった
父のいない子供たちを養うために
疲れも知らず、うちのラバ「アラフォ」(Alapho) にどっさり荷物を積んで
あなたは、ある夜遅くピリーから帰ってきた
まだ六歳のぼくは、食入る熱心な眼差しで
あなたが、持って帰るのを待っていた
小麦粉やその他の食料、甘いお菓子といっしょに
歌を吹くことのできる安物のフルートを

代わりにあなたは石板と鉛筆をぼくにくれた
フルートはどうしたの、と泣きながらぼくは言った
あなたは、黒いネッカチーフで汗を拭きながら言った
「坊や、さあこれで、あなたは字の書き方を覚えるのですよ」

Mother

Mother, you became a mule-driver
to feed your fatherless children.
Having laden our mule Alapho, tireless
you returned late one evening from Pyli.
I was about six then and with eager eyes
was waiting for you to bring me along With the goodies,
the corn-flour and other provisions,

a tin flute so that I could play songs.

Indeed, you brought me a slate and a pencil.
"What about the flute?" I asked you crying.
Wiping your sweat with your black neckerchief,
you said "With these, sonny, you will learn how to write!"

何年も経ったあとに私は、母が喜び満足している姿を二回見た。最初は、私が兵役義務を終えようとしていた頃に士官服を着て短期休暇で家に帰った時であった。私を見るなり母は、私を抱きしめて言った、「あなたは、私の誇りです。お父さんが、今のあなたを見たならば、どんなに喜ぶことでしょう。」私は、母がほほ笑み、そして涙が頬を伝わるのに気づいた。

二度目は私の大学の卒業式の日だった。苦労して大学で学位を取得したことを知った母の喜びようを、私は忘れることができない。後年、私がロードス（Rhodes）の教員養成大学に教師として任命され、そこへ赴任する飛行機の中で隣同士に座ってエーゲ海の島々を小窓から見下ろしながら、母は言った、「私は、とても幸せ。あなたもそうね。あなたが、自分の学問を成し遂げた勇気と辛抱強さは、私の誇りです。これからも、人生において頑張ってね。私たちの苦労もやっと報われたのよ」。

私の母は、厳しい性格であったけれども、「ときにはバターのように柔らかいね」と、母に私はよく言ったものだ。彼女は社交的であり、またロードスでは私の宿舎の奥さんと気さくに友人となっていた。気立ての優しい彼女は、トルコ生まれで、名前はイクリル・レサモグロウ（Iklil Resamoglou）といった。彼女たちは、初対面の時から互いに気が合っていたのである。

晩年、私の母は、私の兄の家族と共に住んでおり、多くの孫や二人のひ孫のお守りをするのを楽しみとしていた。一二月のある日、彼女が安らかに亡くなるまで、私は、母を定期的に訪問したものだった。そして亡くなった日は、不思議なことに偶然私の誕生日と一致していた。幾日か後に、私は人生における最も悲しい出来事を悼んで、次に記すバラードを書き留めた。

私の母

私の母は、病気になった
それは、まさに死と隣り合わせだった。
私は、遥か遠い外地にいたが、
彼女に会うために帰らなければならなかった、私は……
私は、長い旅路をたどり始めた、
私は最善をつくした。
私は、陸地を越え、海を渡り
一刻も休むことがなかった。
やっと着いた時、
私の母は眼を閉じて
高熱にうなされていた。
私は、ベッドにかがんで、母の手にキスをした。
お母さん、私ですよ、大丈夫ですか

お母さん、可哀想なお母さん、
私は、あなたの傍にいます、ベッドの側にいます！
すると彼女は、口を少し開け、
「私は、もうだめ、お迎えがそこまで来ているわ」
そして、気持はもう戻って来ることのない永久の旅への
その覚悟をしているときに、不安はあるが満ち足りて
彼女は、ゆっくりと口を開き、
丘の上のあの時のように、
声を振り絞るように言った。
「旅は辛くなかったかい？
食事はもう済んだの？」
彼女は、最後の言葉を言った。
「私は、もう行かなくちゃ、私は……
でも、また会えるわね
あそこで、お空の上で……」

My Mother

My mother is taken ill
and she is about to die.
I'm far away in foreign lands,
I must go to see her, I ……
I start a trip, a long one,
and I do all my best.
I cross the land and sea
without a pause for rest.
She had her eyes closed
and fever raging high;
I stooped and kissed her hand,
and asked her, "But why?
Oh, mother, my poor mother,

I'm here, I'm by your bed!"
And then she opened her lips.
"I'm going away,"she said.
And, while she was preparing
to go, full of concern,
on her very last journey
that has no more return,
She slowly opened her lips,
asked me as then on the hill,
"Was your travel easy?
Have you had a meal?"
She spoke her dying words:
"I have to go, I……
but you and I shall meet again,
up there, above the sky……"

訳註1　一九一二年、ロシアの支持下でブルガリア、セルビア、ギリシア及びモンテネグロがバルカン同盟を結び、オスマン帝国に対して行った戦争。次いで、敗者のオスマン帝国が割譲した土地の分割争いから、一九一三年に同盟中のブルガリアと他の三国との間に起こった戦争。

第二六章　リヒテンシュタインからの切手

私は、世界中で一番美しい切手はリヒテンシュタイン（Liechtenstein）のものであると、どこかで読んだことがある。それは、信じ難いことであったが……しかしながら、私は、学生時代の一九六三年の夏に、この小さな——オーストリアとスイスの国境に割り込んだような——公国に偶然にも訪問する機会を得た。私が、郵便博物館を訪れ、自分自身の目で、そのことを確かめたのは、そのときであった。

リヒテンシュタインは、その個性と独自性をもつ、面積一六平方キロで人口は約三万人の、小さな緑に囲まれた国である。そこではドイツ語が公用語として話され、スイス・フランが使用通貨である。この国は、およそ二百年間も独立国であり、平和を維持してきた。そして、その間戦争の悲惨さを一度も経験したことはなかった。私は、リヒテンシュタインを訪問して、軍隊もストライキも税金もなく、乞食もいない、そして犯罪がないことを初めて聞かされた。当時の国家元首はプリンス・フランツ・ヨセフ二世であり、彼は、古代からの慣習に従って、一三の地域共同体に対して相当な額のカネを下賜していた。だから、国民は僅かな税金を支払うだけか、もしくは支払わなくてもよかった。彼は、小さな首都のファドゥーツ（Vaduz）の近郊にある、なだらかな丘稜に建てられた壮大な城に住んでいた。切手に載ったファドゥーツの街の人口は約三千人であった。私は、ヒッチハイキングをしながらオーストリア・アルプスを越えてファドゥーツに到着したが、そこで私は、息を呑むような風景を目にした。私のファドゥーツに関しての第一印象は、巨大な書店の様子であった。そこには、どこに行ってもあらゆる種類の書物、絵入りカレンダー、絵葉書、美しい切手のコレクション、民芸品の土産物、入念に仕上げられ、かつ美味なものすべてが所狭しと置かれた店やキオスクがあったのである。切手のコレクションは――珍しい物や新しいものを含めて――目を見張るものだった。

ファドゥーツは、至る所に国旗や花が見られる、色彩あふれ香りの漂う小さなパラダイスであった。この首都は、赤や青といった公国の国家色であふれていた。誰もが窓やバルコニー、自宅の庭や公共の庭園で花を観賞することが出来たし、それらはバラの木に巻きついていたり、またゼラニウムも豊富に見られた。

リヒテンシュタインの住民たちは、主に農業によって生計を立てており、最近では工業によっている人たちもいる。幾年もの間、彼らは丹精込めて、そして組織的にワイン用のブドウを栽培してきた。観光客が落としていくカネは、取るに足りないものではなかった。リヒテンシュタインは、商売の方法を同盟国のスイスから学んだのであった。

私は、郵便博物館に行った際に、そこで働いていた美しい顔立ちの若い女性と会話することができた。彼女は、私のリュックサックに付けてあった小さなギリシア国旗を見付け、興奮気味に私に話しかけてきた。「あなたはギリシアから来られたのですか？ この国ではギリシアの方を見るのは稀です」と彼女は言った。「ええ、そうです。私はギリシア人ですよ。ユリシーズの直系の子孫です」と私は、冗談めかして言った。「あなたはギリシアに来られたことがありますか」というと、「いいえ、でも、まだという意味です、私は来年の夏に休暇を利用して行く予定です。私は、チューリッヒ大学の古典講座の学生です。ですから私は、お国の古代文化についての書物を沢山読みました。私は、アテネ博物館、デリー、オリンピア、ドドナ、メテオラ等を見たいと思っています。」私は、思わず「栄光なるもの、それはギリシアです……」と声が出た。「まあ、さすがギリシアの方ですね。あなたは大変幸せですね。素晴らしい気候に恵まれていらっしゃるなんて。ところで、現代のギリシアは、古代のそれと同じでしょうか？」

彼女の問いかけに、私はどのように答えるべきだっただろうか？「そうですね。」私は言葉を濁して言った。「言語は、かなり進化していますね。だから人々は、それを使っていると思います。」私は、彼女に次のように言うべきであった。「ギリシアは四世紀にもわたってトルコによって属国にされましたが、それでも国民はギリシアの信仰と文化を守ってきました。」私は、彼女ともっと話すことができたが、私の後ろにリュックサックを背負った他の客が、切手を買うために並んでいたので、話を中断した。

その後の質問は、まもなく再開したが、ある質問は始めてのものだったり、興味深かったり、あるいは他愛ないものだった。私は、知っている知識のすべてをさらけ出して、ギリシアに関して鋭い興味をもっているリヒテンシュタインの若い金髪嬢の熱意を満足させてあげようと、懸命な努力をした。しかしながら、私には約束をしていることがあったので、そこを去らなければならなかった。

ファドゥーツを離れて、私は、この国が改善すべき収入の方法について、あれこれ思いを巡らせた。古代ギリシア人は、調和・均整を崇拝し、また完全な姿を理想化したが、たぶんこれらの感性はわれわれには残されていない。多分、リヒテンシュタイン公国の郵便事業は、古典的な褐色の髪をした若い女性の頭を描いた切手を流通させるべきだった。というのは、それはギリシアの薬局や外科手術室でしばしば見られる、大理石に刻まれたギリシア神話の健康の神であるヒュゲイア（Hygeia）と一致するからである。

第二七章　ドイツでのレスリング

一九六二年の夏、サロニカ（Salonica）からスコットランドのグラスゴー（Glasgow）への一週間のヒッチハイク（たぶん、私がそういった事をした最初のギリシア人学生だと思うが）の後、私はニュートン・ミアンズ（Newton Mearns スコットランド・グラスゴーの南西一一キロに位置する富裕な郊外都市）の国際労働キャンプで一ヶ月間のボランティアをし、そこで読者の皆さんが他の章でもっと目にすることになる、スウェーデンからきたリリアン（Lilian）と会ったのだった。帰国の途中に、私はドイツに立ち寄り、カールスルーエ（Karlsruhe）近くにあるワインガルテン（Weingarten）の製紙工場で数週間働いた。

仕事は、私が国際労働キャンプで会った、素晴らしいユーモアのセンスを持ったキリスト教精神の実践者で利他主義者のウォルター（Walter）が見つけてくれた。彼はシーメンス（Siemens ドイツ・ミュンヘンに本社をおく多国籍企業）で働く技術者だった。私たちはしばらくの間、ウォルターの部屋を共有していて、そのとき彼は、親しい友人であるハイデルベルク（Heidelberg）の神学生徒であるロルフ（Rolf）を私に紹介してくれた。

ロルフは両親の家に彼自身のフラットを持っており、そこに住むものはいなくて、周りの壁は学術的な書籍でいっぱいだった。彼は新約聖書のギリシア語を理解していて、ウォルターと同様に人道主義者だった。ロルフは両親との相談の後、私に彼のフラットに無料で滞在するよう申し出てくれ、二キロ程離れた仕事場へ行く私のために、彼の自転車を使わせてくれさえした。

ロルフの初老の両親はとても親切な人で、私は週末によく彼らに加わって農場の手助けをした。いっとき、私は彼らの養子になった息子だった。確かに私は工場での仕事よりも農場の仕事を好んでおり、とりわけ楽しい事の中でも、私は新鮮な空気を吸い、乾いた干し草の匂いを嗅ぐのが好きだった。それは私にテッサリーの平原の干し草を思い出させた。

　私が工場で働いている数日間に、私と同世代の若い男ヨーゼフ（Joseph）が、この地域で一番のレスリング選手だと自慢して、私に彼とレスリングするよう要求し続けてきた。私は、工場は適切な場所ではないと思い、その挑戦を避けていた。しかしながら、ある日、彼は強く私を説得した。すべての機械が停止し、静まり返った休憩時間に、私たちはレスリングを始めた。第一ラウンドが終わる前に、私は見物人の輪が我々の周りに集まっており、その多くは若い女性で、激励したり、笑ったり、叫んだりしているのに気づいていた。レスリングは彼らにとって予期しない見世物だった。ある者は私の味方で、――私は群衆の中にイルマ（Irma）がいることに気がついた――ある者は私の敵対者だった。

　勝つのに私はあまり努力しなくても良かった。ローマ式レスリングであろうが、ギリシア式であろうが関係なく、私は試合に勝つことができた。対戦相手を地面に三〇秒間押さえた後、私は彼を立たせた。汗をかきながら彼は私に手を差し出し、祝福してくれた。見物人全員が歓声を上げ祝福し始めた。私はイルマが飲み物を渡してくれている間、私の周りで明るい顔と白い歯が笑っているのを見た。

名前は忘れたが、強そうでがっちりした別棟の作業長、バイキング（Viking）の像かあるいはむしろ古代ゲルマン人（alten Germane）といった男が、私の前に立っていて、突然に彼の手を差し出し、「ギリシア対ドイツ！ 君は私と勝負したいだろう」と言った。私は一瞬ためらい、壁に掛った埃まみれの時計を見た。四分後に工場のベルは鳴るだろう。仕事は再び始まり、休憩は終わるだろう。

「さぁ、さぁ、早く！」と見物人は叫んだ。上司でさえ見物に加わり、「ベルが鳴った後、三分間余分にやるよ」と上司は言った。私は心の中で「ギリシアのために負けるわけにはいかない」と思った。私はウォーミングアップをし、自分の強さを信じた。しかし新しい対戦相手の大きさを見た時、私たちは不釣り合いな組み合わせだと私は気付いた。私はダヴィデ(訳註1)（David）で、彼はゴリアテ(訳註2)（Goliath）だった。ちょっとした休止の間、私は密かに祈った「ダヴィデにゴリアテを打ち負かす強さをお与えくださった神よ……」そして二人の聖書からの名前は私の心の中で入り混じった。――「私に強さを与えてください……」

大男は私をつかもうと両手を伸ばした。しばらくの間、私たちは取っ組みあい、私たちの周りは完全な静寂だった。私には挑戦者の呻きが聞こえるのと若い女性労働者たちの胸が盛り上がり、沈むのが見えただけだった。

格闘はしばらく続き、私はクマと戦っているような気がしていた。私の負けは近いだろうと思ったそのとき、ある考えが私の心に閃いた。これは制約のないフリースタイル・レスリングだ。だから私は足をすくうトリックを使った。突然、大男は「地面に噛み付いていた」。私の対戦相手の陥落がそんなに簡単だとは私は決して思っていなかった(その金髪の男は、私が十二歳の頃に遊び友達とよく練習していたレスリングのトリックを知らなかったのだ)。

工場の大きなホールはふたたび、歓声と拍手に溢れた。最初に私の手を握ったのは上司、それからイルマと彼女の友達だった。私はその日の勝利者だった。

その夕方、私は近所の酒場(Local)でイルマと彼女の友達とで黒ビールを飲んでいた。イルマはとても親切で、私が彼女の英雄になれるかもと公言したが、私の心はずっと北のリリアンのもとへと旅していた。

訳註1　ヘブライ王国第二代の王。紀元前一〇〇三年に即位。ペリシテ人やカナーン人を征服して都イスラエルを建設し、繁栄の基礎を築いた。(旧約聖書「サムエル記」「列王記上」)

訳註2　旧約聖書「サムエル記」に登場するペリシテ人の巨人兵士、ダヴィデに殺された。

第二八章　最高のクリスマス・プレゼント

一九六三―六四年の学年度は私の学業にとって重大局面の時だった。サロニカ大学入学の二年後に私の貯金は底をついていた。私の友人エリッヒ・スキバッハ（Erich Schibach）の婚約者である、スイス出身のシルビア（Sylvia）が彼に言ったように、その冬の間中、私は「赤貧洗うがごとき学生」だった。私はパノアモウ（Panormou）通りの小さな部屋を借りて、厳しい財政状況で暮らしていた。私が初めてクヌート・ハムスン（Knut Hamsun）の『飢え』(Hunger)というタイトルの有名な小説を読んだのはその時だった。その小説の主人公は、私に匹敵する困窮を経験していたのだと、私は本を読みながら思った。

私が「小さな部屋」と言うのは、その寸法が二メートル×三メートルそこそこの部屋だった。本来その部屋は、三階のテラスの上に洗面所として作られていて、私が借りた時にはドアがなかった。しかし、すぐに私は厚板でドアを作り、その部屋を居心地の良い小さな場所に変えた。私は大工仕事が好きなので、近所の大工の仕事場から厚板を買い、ドアを作った。私は部屋を白い漆喰い塗りにし、厚板の残りで辞書やドイツ人の友達ロルフからのプレゼントである、シェークスピアの全集を保管する本棚を作った。私は外の大きなテラスにゼラニューム、バジル、マジョラム（シソ科の多年草）などの植木鉢を置いた。部屋の利点は、外部が非常に広いテラスに続いていて、春や夏は緑のつる棚で覆われたことだった。シルビアでさえ、婚約者と一緒に会いに来たときに、その光景を称賛した。

当時、ギリシアで仕事は少なく、私が手にした唯一のチャンスはホワイトタワーの近くの小さなレストランのウェイターになることだったが、私がそこで働くことができたのは週末だけだった。顧客は料理人から私が学生であると聞くとチップを弾んでくれた。彼らに神のご加護を！

サロニカでの当時の私の他の友人は、ギリシア系アメリカ人のジョージ・ステフォプロス（George Stefopoulos）で、「生き方を学ぶ者」と彼は彼自身のことをそう言っていたものだ。ほかにはアメリカ人の奨学生で生涯にわたる友人ダン・マーティン（Don Martin）と彼の優しい妻シェリー（Sherry　時給三〇ドラクマの私学の英語の先生）、そして良き友、後の著名なケンブリッジ大学のギリシア学者のオクソニアン・デイビッド・ホルトン（Oxonian David Holton）などがいた。私のギリシア人の友人はロードス島のアントニー・カザス（Anthony Kazas）だった。

私は仕事を見つけることと講義に出席することが同時に出来なかったので、学業を一時的に中断せざるを得ずドイツに仕事に行った。私は最後のドラクマを数え、ドイツのワインガルテン（Weingarten）行きの二等車の切符を買った。そこで、私は仕事を見つけ、そのうえドイツ語を学んだ。

私はある寒い夕方、カールスルーエ（Karlsruhe）の近くのワインガルテンに着いた。ウォルターは私のホストで、私は彼に感謝している。彼は私に彼の部屋の中に居場所をくれ、彼の優しいお母さんは暖かいスープを提供してくれ、工場の主人クーゲル氏（Mr. Kugel）は次の日から仕事をくれた。私は製紙工場で手作業を始めたが、私の心は故郷での学業にあった。私はそこで約二カ月働き、稼ぎはそんなに悪くはなかった。夜にはドイツ語を独学した。

クリスマスが近づいた時、友人ウォルターとロルフに感謝でいっぱいだが、私は地域の福音教会の牧師から個人的に会いたいという手紙を受け取った。ある日曜日の朝、教会の礼拝後、私は教区事務所で親切な牧師とコーヒーとケーキを共にしていた。

「若いギリシア人よ、私はロルフとウォルターから、君が学業を中断せざるを得ず、ドイツに働きに来たと知りました。私には価値のある目的に使うことのできる教会の資金があります。あなたはこのお金を学業を続ける為に使うと約束できますか。あなたはこの目的のために故郷に帰る用意がありますか」と牧師は私に言った。

私は答えるのに時間がかからなかった。「明日早く帰ります、牧師様」と私は言って立ち上がった。

彼はオーク材の机の引きだしを開け、小切手の入った封筒を私に手渡した――帰国へのチケットに加え相当な金額、私の教育のためにこれから戦うための「武器」だった。私は寛大な牧師と彼の親切な妻に感謝した。彼女の素晴らしいケーキとコーヒー、そしてもちろん、お金に感謝した。それから私は友人ウォルターとロルフに会いに行った。二人は、彼らの役割を慎み深くこっそりと演じてくれていたのだった。

彼らを見たとき、私は遠くから叫んでいた。「ユリシーズは武器を得た。」（Odysseus hat Munition）――そしてお金を彼らに見せた。彼らは笑い、私のためにシュナップス（オランダジン、強い酒）を注文した。外の寒さはひどかったからだ。私たちが立ち去る時に支払ったのは私だった。クリスマスの一週間前に、私はこれまでに受け取った中で最高のクリスマス・プレゼントの入ったリュックサックを抱えて列車に座っていた。私はオーストリア、ユーゴスラビア経由で家に戻った。牧師の贈り物と私の貯蓄が学業を終了するのを助けてくれ、私は高校の先生になった。

第二九章　出稼ぎ外国人労働者（GASTARBEITER）

一二月、霧の多いこの北方の都市はひどい天候だった。そして、フェアシアンズ（Phaeacians）島出身のシュピロス（Spyros）が、彼の生まれた村では一二月がどれほど穏やかな天気だったことかと思い出したとき、工場から帰ると毎夕感じていた憂鬱な気持ちがさらに深くなった。彼は天気だけでなく、交通――速く走る車をアスファルトの悪魔と彼は呼んでいた――および灰色の空に威嚇するように立っている煙突の群れをもひどく嫌っていた。彼はまた耳障りな北方の話し方を嫌った。彼の意見では、それはあまりにも子音が多すぎた。

その日の夕方、彼はシュタイン（Stein）通りにあるいつものバーに行った。そこではイタリア人やギリシア人の出稼ぎ労働者たちがよく行っては飲んでしゃべっていた。ギリシア人たちには彼ら自身の決まった場所があった。

シュピロスは二人のギリシア人とシェアしている広くて寒い部屋に住んでいた。一人はクレタ島（Crete）、もう一人はマケドニア（Macedonia）出身だった。彼は彼らと同じ工場で働いていた。彼はバーに入るとすぐにビールを注文した。そしてジュークボックスへまっすぐに行きコインを入れた。バーの経営者は世界中を旅し、ギリシア音楽を愛する元船乗りだった。彼は何曲かのイタリアの音楽に加えて、メリナ・メルクーリ（Melina Merkouri）が歌っている「ピレウスの男たち（The Piraeus Lads）」を含むギリシアの歌のレコードを何枚か手に入れていた。それらの曲はどれも郷愁を誘い、感傷的だった。

二、三分後、突然ブズーキ（bouzouki）の音楽が聞こえ、数人のブロンドの髪の頭がシュピロスの方を振り向いた。

どこへ行っても、ピレウスのような港はない……

Wherever I go, I find no harbor like Piraeus…

その歌を知っている二組の若い地元のカップルが歌い始めた。少しして、あごひげのある一組目のカップルの男性が興奮し、ダンスをするために立ち上がった。そしてガールフレンドを引っ張り出した。一人の若いギリシア人は、労働者のグループと一緒に隅に座っていたが、たまらなくなってダンスに加わった。彼はそのカップルにサータキ(syrtaki ギリシアのフォークダンス)のステップを教えたかったのだった。

歌が終わったとき、シュピロスはカウンターへ行って、ビールのお代わりを頼み、ジュークボックスに二回目のコインを入れた。それは人気歌手ステリオス・カザンジディス(Stelios Kazantzidis)が歌っているギリシアのもう一つのヒット曲だった。

異国のパンは苦く、
水は濁り、そしてベッドは固い……
The bread in a foreign land is bitter,
the water is muddy, and the bed is hard...

別の夜ならシュピロスはダンスをしただろうが、その夜はそんな気分ではなかった。彼の心は重く、痛みに近かった。この曲は彼の好きな歌だった。もし故郷にいるのであれば、ダンスをする機会を逃しはしなかっただろう。代りに、同胞のグループに近づいて言った。

「ぼくは家からの手紙を心待ちにしているが、何も来ていない。もう一か月以上、妻からの便りを受け取っていない。彼女がどうやって暮らしているのか、あれこれ思いめぐらしている。」

「いつ、あんたたちは結婚したんだ?」背の低い男性が聞いた。

「ここへ来る二か月前。ぼくは仕事を求めるのに必死だった。ぼくには借金があった。ぼくたちの家を建てるお金が必要だった。もし十分にお金を貯めることができるなら、一年間だけ滞在する。それ以上はとても」とシュピロスは答えた。

「えっ、結婚してすぐに来たって?」口髭のある男性が尋ねた。そして横を向いて作り笑いをし、つぶやいた。

「ぶらぶらしている近所の人の中には彼女を慰めるものもいるだろう。」

シュピロスは懸命に耐えた。聞こえなかったふりをして、ほほ笑もうとした。そして乾いた咽喉を潤すためにビールのグラスを上げた。

「そう、あんたは貯金するためにここに来たんだね?」もう一つの辛辣な声が聞いた。

「貯金するために、ええ、そして他の人々のように、結果として陽光を失ってしまった。あんたは、ぼくたちがみじめな状態におかれていると思わない? 九年間外国にいて、モグラのように鉱山で働いてきた。雀の涙ほどの収入のために。それがすべてだ。明日にでも帰れるならなあ。」

「何が起こったか、あんたに話そう。」シュピロスは続けた。

「ぼくは島に、オレンジとレモンの樹がある土地を少し持っていた。しかし、ほとんど何も収穫できなかった。ぼくはわずかに漁業をして、曲がりなりにも何とかしのいだ。ぼくには養わないといけない九人の家族がいた。ぼくの祖父母、その祖母は寝たきりで、あと兄弟姉妹たちだ。昨年の夏、ぼくの村から出て行った人たちが休暇で帰省した。その人たちは近所の人で、数年間外国で働いていた。彼らは村にひと騒動起こした。多くの人が彼らを羨んだ。彼らはメルセデスに乗って帰り、こぎれいな服を身に着け、底の厚い靴を履き、カメラや電気カミソリなどを持っていた。そして、彼らは八月一五日に村の祝宴で、気前よく金を使った。その日彼らは貧しい人々に与えるため、かなりの額のお金を司祭に手渡した。しかしその人たちはとても誇り高く、そのお金を受け取らなかった。辛辣な人たちは、『ドイツ人は』お金を誠実な方法ではなく違法な麻薬の売買で稼ぐと言った。そんなことを誰が知っているだろう? いずれにせよ、数日して労働者を求める募集委員会がやって来た。『ドイツが』と村長が言った。『働き手を必要としており、高い賃金が支払われるだろう』村の数人の男たちは、ぼくのように仕事の無い者たちだったが、すぐに契約書にサインした。ぼくはそうすることをためらった。仕事を見つけにドイツに行くべきだろうか?と年老いた校長に相談した。彼は二年間、ぼくの高校の教師だった。

『私の言うことを聞きなさい。』彼は言った。

「コインには二つの面がある。一つは、「利益が喪失に至るのはよくあることだ」、古代の我々の祖先で、悲劇作家の一人が述べている。もう一つの面はラテン語で次のとおり——Audaces fortuna juvat.「富（運命の女神）は大胆さを好む」という意味だ。さて、君は低い道か高い道のどちらかを選ばないといけない。君自身が決めることだ。これが私の助言だ。』

ぼくは何日もこの問題について妻と話し合った。彼女は決して同意しなかった。ぼくが行くと決めた日、行かないでと彼女は嘆いた。ぼくたちの小さな家を建てられるだけのお金を貯めるために、ほんの一年だからと彼女を説得した。ぼくたちは永遠に借家住いをするわけにはいかないと。女家主はぼくたちからすっかり搾り取っていた。そうしてぼくは家を離れた。けれども、彼女からの最初の手紙の後、ひと月も便りがない。一体全体どうなっているのか？」

「あんたは『去る者は日々に疎し』ということわざを知っているか？」利口な男性が聞いた。今度は単刀直入だった。シュピロスはこの言葉が、鋭い針のようなもので彼の心を突き刺すように感じた。彼は両手で顔を覆い、物思いにふけった。しばらく夢想の中で、彼は生まれ故郷の島へ戻った。彼はマリーナ（Marina）の青い、ベネチアふうの瞳が彼に行かないでと哀願しているのを見た。彼は彼女が、オレンジやレモンを栽培している狭い畑へ向かって、一人でボートを漕いでいるのを見た。そして彼の唇からため息が漏れた。

シュピロスはバーを出て帰宅した。遅かった。夜が訪れて彼の心は故郷の島をまださまよっていた。クリスマスがもうすぐだった。どんなにクリスマスに家にいたかったことだろう！ 家にいたら、公現日（訳註1）（Epiphany Day）に、司祭が海に投げた十字架を見つけるために昨年同様潜っただろう。すると彼の報酬は数千ドラクマになっただろう。

深夜を過ぎ、時計は三時を告げたが、彼は一睡もできなかった。同僚の同居人二人は、広々とした寒い部屋でぐっすり眠っていた。彼だけがたびたびベッドで寝返りを打っていた。だんだん暗くなっていくその夜は彼を打ちのめし、一千もの考えが彼の心の中を通り過ぎた。もし、マリーナがいない所で丸一年滞在すると彼が決めたとしても、どのくらいの期間彼はそのことに耐えられるだろう。そしてその時彼がなつかしみ、求めたのはマリーナだけでなく、二番目に愛する海でもあった。

「ぼくはここで何をしているのか？」彼は自問した。夜は寒かった。外では乾いた霜がすべてを包み込んでいた。そして、通り過ぎていく列車の単調な音だけが聞こえていた。

朝、彼の仲間が起きたとき、シュピロスと彼のスーツケースは見当たらなかった。家にたどり着いたとき、シュピロスは、歌の文句がいかに本当のことを言っているのかを悟った――

たとえパンとオリーヴしか食べるものがなくても
我が家に勝るものはない――
Better in my own home
Even if I eat bread and olives only...

訳註1　キリスト生誕の際に東方の三博士がベツレヘムを訪れたのを記念する一月六日の祭日。

第三〇章　アクロポリスを素足で

ぼくはアテネのアクロポリスを何回か訪れた。ぼくがまだ学生だったとき、「聖なる岩」に上り、世界の不思議の一つに再び見とれた。下り始める前にバイロン（Byron）の有名な詩「ミネルバの呪い（The Curse of Minerva）」の一節を思い出した——

沈みゆく太陽は、モリーの丘に沿ってゆっくり沈む
その動きが始まる前よりもいっそう美しい
北方の天気のように、かすんだ明るさではなく
雲一つない、いのちあふれる光の強い輝き

Slow sinks, more lovely ere his race be run,
Along Morea's hills the setting sun;
Not, as in northern climes, obscurely bright,
But one unclouded blaze of living light; …

五つの大陸の遠い国々からやってきた人々の群れが、その日アクロポリスを訪れた。

そして立ち去り始めていた。彼らは異国の言葉で話し、見事で壮大な建造物の写真を撮っていた。ぼくは半分ほど下った所で、「美しい（beauteous）」日没をもう一度見るために立ち止った。太陽は巨大なオレンジのようだったが、「モリーの丘」すなわち、ペロポネソス半島の山に接しようとしていた。そしてアクロポリスの西にあるたった一つの門が、翌日の朝まで閉じられようとしていた。

ぼくが、平らで温かい大理石の上に座って日没を見ていたとき、三十歳代の素足の女性が、その門に向って、急いで歩いているのに気がついた。彼女はちょっと立ち止まり、門までどのくらいかかるかとぼくに聞いた。ぼくはその問いに答え、門は日没時には閉まると付け加えた。彼女はお礼を言って上り続けた。一五分ほど経った後、出発するためにぼくが立ち上ったとき、同じ女性がこちらへ下って来るのを見た。彼女はこのときは靴を履いていた。手をぼくの方へ伸ばし、自己紹介して言った。「私はアルマータ（Almata）から来たファリザ・ウンガーシノヴァ（Fariza Ungarsinova）です。」「ようこそ」とぼくは言い、自己紹介した。彼女は隣の大理石に坐り、続けた。「ふるさとカザフスタンで私が高校生のとき、いつかギリシアに行き、アクロポリスを素足で登るという誓いをたてました。私はギリシア文明に関するたくさんの本を読み、学びました。私の夢は、聖地への巡礼者のようにアクロポリスを訪問することでした。私は今日、日没前にどうにかやりとげて、今とても幸せです。私はアクロポリスという聖地に、私の肌を接触させたかったので靴を脱ぎました。私の国でギリシア正教の僧院を訪れる巡礼者と同じやり方で、私はそうしました。そうすることに一種の歓喜を感じました。それは執念ではなく信念です。私は自分で立てた誓いを実現し、おおいに安らぎと満足を覚えます」。

ぼくは言葉もなく、驚いて彼女を見た。ぼくは、ギリシアへの愛に染まった、遠い国から来たその女性の言葉に熱心に耳を傾けた。そして彼女が、ほとばしるスピーチを終えたとき、彼女に言った。

「あなたの話は、二千年前の雄弁家イソクラテス（Isocrates 古代ギリシアのアテナイの修辞家。紀元前四三六―三三八）が書いたものをぼくに思い起こさせます――『もし人が、我々の文化を分かち合うなら、その人をヘレン（Helene）と呼ぼう。』」彼女は喜んで微笑んだ。

ぼくは、一杯飲むためにプラカ（Plaka アテネのホテル）へ行きましょうと提案した。彼女はうれしそうに同意した。

ぼくたちは、絵のように美しい、狭い通りにある小さな酒場を見つけた。時は春、ジャスミンの花がその香りを通り過ぎる人へ届けていた。店の裏に小さな庭があった。ぼくたちはその店に入って飲み物を注文した。彼女はワインを、ぼくは「フィックス（Fix）」ビールを飲んだ。

彼女は自分の杯を持ち上げ乾杯した――「ヘレネス（Hellenes ギリシア人）の健康と彼らの文明に！」ぼくも答えた――「あなたの健康に、そしてあなたをここまで連れてきたあなたの勇敢で素敵な足に！」

第三一章　スイスにて

私は学業を終え、学位を取得したのち、教授法をもっと学ぶことを切望し、ローザンヌの近くのエチチェンス（Echichens）でペスタロッチ学院の一つに臨時の仕事を見つけた。そこで私は、医師である背の高い穏やかな人と知り合いになった。ある日、彼は私に養護老人ホームへ彼と一緒に行くように頼んできた。そこに入居している、目の不自由な高齢のスイス人の女性に会うためだった。彼女は私にギリシア語で話すことを望んだ。彼女はギリシア人将校と結婚し、何年もギリシアに住んでいたのだ。

五月のある午後、私たちはそこを訪問した。カーラジオからギリシアのクーデターについてのニュースが流れた。その医者は私の国にとってよくないことだと言った。私は彼に同意した。心から同意せずにはいられなかった。

その養護老人ホームはレマン湖を見下ろせる丘の上にあり、雄大な木々に取り囲まれた、堂々とした建物だった。その婦人は九十代で、寝たきりだった。付き添いの看護師が面会者です、と伝えると、彼女は心から私たちを歓迎してくれた。まもなく彼女はギリシア語で話し始めた。すると医者は「あなたがたが話をしている間、他の患者を診察に行きます。三〇分ほどで戻ってきます」と言った。

看護師が持って来てくれたお茶を飲みながら、その老婦人は自分の身の上話をした。

「ギリシアはいつも私の心の中にあります。第一次世界大戦中、私はスイス赤十字の若い志願看護師としてそこに行き、ギリシア軍に加わりました。のちに結婚する若い軍医に出会いました。私たちには子供がいませんでした。第二次世界大戦にも彼に同伴し、彼や他の医師が戦地で行う難しい手術――腕や脚の切断とか負傷兵からの弾丸の除去――の手助けをしました。私たちは多くの困苦に耐えました。お互いに深く愛し、共に幸せに暮らしました。彼は将官に昇進し、退官しましたが、数年前に私は彼に死なれました。私はより良い治療を求めて自分の国に戻ってきました。しかし、二つの大きな戦争の残虐行為を経験したのはギリシアであったにもかかわらず、そこを離れて寂しいです。恐ろしい光景が私の目に焼きついています。戦争はもうたくさん！

本題に戻ります。私は字を書くにも目が不自由なので、アテネの国立銀行の担当責任者にギリシア語で手紙を書くことをお願いしたい。定期的にここに送られて来ていた年金小切手が届かないことを彼に伝えてください。私はこの年金で暮らしており、この入居費を払わなければなりません。誰かに借金をして、この世を去りたくありません。銀行から送られてきた封筒から宛先がお分かりになるでしょう」。

私はその場で手紙を書き、それから彼女がそれに署名をし、そして私は帰り道にそれを投函した。

およそ一ヶ月後、老婦人の挨拶と感謝を伝えるために、医者が私に電話をしてきた。彼女の問題は解決されたが、現在、彼女にはもう一つ、もっと深刻な健康上の問題があると言った。医者は、「午後にそこに行きます。もしあなたが私と一緒に行ってくれるのなら、迎えに行きます」と付け加えた。私は同意して一緒にそこに行った。

私たちがそこに着いたとき、彼女は喜んで私たちを迎え、私に銀行の担当責任者からの遅滞の詫び状を見せた。彼女は感謝して言った。「私はまもなく死が来るのを自覚しています。あなたがギリシアに戻られたとき、もう一つ小さなお願いがあります。教会の聖母マリア様に二つのローソクを灯してほしい。一つは私の夫の魂に、もう一つは私の魂に」。

そのあとベッドサイド・テーブルの引き出しを開け、ギリシアの硬貨が入った封筒を私に手渡した。

「ローソク代です」と彼女は小さな声で言った。私は必要がないと言ったが彼女は譲らなかった。

数分後、彼女は弱々しくなり、意識がないのに私は気づいた。緊急ベルを鳴らした。看護師がすぐに来て、脈をはかり、立ち去り、医者と共に酸素ボンベを持って戻ってきた。医者はベッドに椅子を近づけて座り、血圧を測定した。彼女の胸に聴診器を当て、数分後立ち上がり、ぼくたちを見て、頭を振った。

「ご臨終です……神よ、彼女の御霊を休ませたまえ……」と彼は言った。

私は帰国してから、悲しい思いを抱きつつ、彼女の望みをかなえた。

第三二章　一八回目の夏を迎えるリリアン

ぼくたちが出会った夏、リリアンは一八歳、ぼくは二四歳だった。ぼくたちはキリスト教運動「オイコウメネ（Oekoumene）」主催によるグラスゴー（スコットランド南西部の都市）近く、ニュートン・メアンズ（Newton Mearns）のポロック城（Pollock Castle）の奉仕活動キャンプのボランテイアになった。ぼくはヒッチハイクでスコットランドに到着するのにまる一週間かかった。

二〇以上の国の出身の学生がその奉仕活動キャンプでボランティア活動をしていた。ぼくの職務はまとめ役だった。ぼくたちの活動計画は高齢者養老ホームに変わる古城を修復することだった。ぼくたちのリーダーが、数日間リリアンをぼくのアシスタントに指名した。彼女はとてもきゃしゃな、気だての優しい女の子なので、ぼくはこんな風に頼んだ。ぼくが厚板を最上階まで運ぶのを手伝ってくれるよりも、その板をぼくに手渡してくれるだけのほうがありがたい。でもそのとき、「笑顔を絶やさないで」と。

仕事は速いペースで続き、数日後屋根のてっぺんにたどり着いたとき、ぼくは自分がスコットランドの王様だと思った。もちろんぼくの「王妃」は一八歳のリリアンだった。そして、彼女は階下でぼくを待っていた。ぼくはとても幸せだった。

ぼくたちはお城の修復でお城の周りを飛び回るハチのように忙しかった。ナイトクラブ、パーテイ、ダンス、ほかの娯楽もなかった。しかし、ある土曜日リリアンとぼくは文房具店に行った。そこに、他のペーパー・バックにまじって、スウェーデン人のノーベル賞作家、ペール・ラーゲルクヴィスト（Par Lagerkvist）の小説『バラバ（訳注1）（*Barabbas*）』が一冊あった。彼女はそれをとても賞賛した。ぼくもその本がアンソニー・クイン（Anthony Quinn）主演で映画化されたことを、以前国にいたとき批評欄で読んでいた。ぼくは現在も手元にあるその本を買った。その本を読んで深い感銘を受けた。そのころぼくは文学青年だったから。

ぼくたちが暇な別の週末には、リリアンがよく言っていたように、「植物生態の調査のため」お城の周りの田園に散歩に出かけたものだった。ぼくたちの気持ちは純粋で、プラトニック・ラブだった。彼女の出発の日だけはしっかり抱き合い、お別れのキスをした。

ぼくたちは、自分たち二人を本当に楽しませる議論を、長々とした。彼女の優しさ、聡明さ、そして優れたユーモアのセンスにはユニークなものがあるが、ぼくたちの間の相性はもっとユニークだった。そこでぼくは、性格が対照的な者が互いに引かれあうのはまったく真実であるということも知った。ここに北と南の要素があった。策が練られ、問題が解決された。たった一つの未解決の問題はグランドピアノの搬送であった。

「意志のあるところ方法あり」とぼくが言った。「あとでそれは手配されるわ」と彼女が同意した。

しかし幸福な日々はまもなく終わりを迎え、ぼくたちは別れなければならなかった。だから、ロマンチックな物語は別の段階に入つた。彼女は国に帰るとすぐ、手紙を送ってきた。

「私の最愛の人
あなたのお手紙と美しい絵葉書、たいへんありがとうございます。今朝受け取りました。あなたからお便りをいただき、どんなに幸せであるか、あなたには想像できないでしょう。その絵葉書は私たちがロック・ローモンドで過ごした素晴らしい日をまざまざと私に思い出させます。私たちの恋はそこから始まったのでしょうか。会議室ではなかったかしら。さあ、ロック・ローモンドと言いましょう。それはより一層ロマンチックな――」

ぼくは彼女のために書いた詩を同封して、手紙の返事を出した。しかし悲しいことに、運命の女神は、彼女が何年も何年も経ってからそれを読むように指図したのだった——

運命の女神は、ぐるぐる回る紡ぎ車のように物語る。何年もあと、私はロードス(Rhodes)にある国立観光協会に勤めていた。スカンジナビア人が夏の休暇のためにドデカネス諸島(the Dodecanese)という地上の楽園を発見したころだった。私たちの所長がよく言っていたように、「北欧の金髪の天使たち」が四月から一〇月まで、飛行機で絶えず島にやって来た。

ある午後、麦わら帽子をかぶり、サングラスをかけた、上品で立派な婦人が私の机の前に立った。彼女は旧市内の地図をほしいと言った。私が立ち上がり、彼女に手渡すために地図が置いてある棚のほうに振り向き手を伸ばしたとき、彼女は机上の私の名前に気づいた。

私が地図を手に持って再び彼女に面と向かったとき、彼女は彼女の母国語で感嘆の問いを発した。*"Ar det mojligt"*

「どういう意味ですか」と私は尋ねた。

「あなたは私が何年も前にスコットランドで出会ったのと同じ人でしょうか。」私はじっと彼女を見つめ、それが誰だかわかったので、答えた。

「たしかに、同じ人間です。」私は椅子をすすめながら、尋ねた。「ところで、どのような向かい風があなたを世界のここに運んでくれたのですか。諺に『山は出会えないが、人は出会える』と言います。」

「私はストックホルムの大手新聞社に報道記者として勤めています。ここロードスで組織された世界環境保護会議を取材しています。三日前ここに到着し、今夜遅く出発します。しかし立ち去る前に旧市内を見物したいのです。」

「こんなに長い年月のあと、ここであなたに会えてこの上ない幸せです。もちろん旧市内を訪ねることは不可欠です。もし訪ねなければ、それはアテネに行き、アクロポリスを見物しないようなものです」と私は言った。

彼女は微笑んだ。およそ一〇分で七時になる。そうすれば、事務所は閉る。

「私は、旧市内の方に住んでいます。喜んでそこまでお供できます」と私は付け加えた。

彼女は喜んだ。私たちは絵のように美しいソクラテス通りをぶらぶら歩き、ある角で静かなバーを見つけ、飲み物を求めて腰を下ろした。

「さて、『山であれば出会えない』は本当ですか」と彼女が尋ねた。

「その諺は正しいようだ」と私は言った。「長い年月の後でも、しかも期せずして人は出会う」。

飲み物を飲みながら、私たちはスコットランドでの奉仕活動キャンプ、他のボランティアたち、当時の出来事の思い出を語り合った。

「あなたのために書いたささやかな詩をあなたが受け取らなかったのは残念です。二、三度送り続けたけれど、その手紙は『あて先不明』とか『転居先不明』と書かれて、送り返されてきました。なぜだろうと不思議に思っていました。」

「本当ですか。あなたがもう私に手紙を書きたくなくなったと思っていました。」その手紙に関しては、たぶん、リリアンが大学に行っている留守の間に手紙を返送したのは、彼女の継母だとリリアンは説明した。それで、そのなぞは解かれた。

「私のための詩ですか。読みたいわ。」

「その詩を思い出してみよう。それは短いもので三連の詩です。」鉛筆と紙を取り出し、詩を書き留めてみた。最初の試みでは二行抜けていた。二回目の試みで詩は紙上で完璧になった！そこで、私は彼女にそれを読み聞かせて、彼女に直接手渡した。彼女の継母に邪魔されずに。そしてその詩はここにある。

北のユリ

スコットランドで、そしてニュートン・メアンズで、
――ぼくの心は今なお疼き、今なお燃える――
ぼくがユリに出会った場所、
北で植えられたユリ
ぼくの心に暖かさをもたらした
コマラーチ（Comarach）は寒いけれども。

小川の辺に育ったユリは
まもなく夢へと変貌した
そこ、南の地に植え替えるために
あの素晴らしい、やさしい植物を。

そのユリは上の道を行った
そして僕は下の道を、とうとう今まで
ぼくは本当に残念だ
その小川――ぼくのすてきな、愛らしい夢――を
絶えず、穏やかに流れるままにさせて
僅か一滴だけを味わったままで！

THE NORTHERN LILY

In Scotland and in Newton Mearns
—my heart still aches and still burns—
'twas there I met a Lily,
a Lily planted in the North
that brought to my heart warmth,
though Comarach was chilly.

a Lily growing by a stream
was soon transformed into a dream
to southern climes there to transplant
that marvelous and gentle plant

The Lily took the highroad
And I the low, till now at last
I do regret I let the stream
—my fabulous and lovely dream—
roll smoothly on without a stop
letting me taste but one small drop!

"*Tusen tack!*"（深く感謝します！）と彼女は言って、私をぎゅっと抱きしめた。
「私はあなたがこの詩を気に入ってくれるのを望んでいます。しかしあなたがそれを読むのにこんなに長く待たなければならないとは決して思いませんでした。」

「遅くても読まないよりましです！　その詩は寓意的で魅力的です」と彼女は言った。

「その考えは『人が企て、神が決する』ということですね」と私が言った。

「すくなくとも、それは私たちの実例で証明されています」と彼女は言った。その詩が書かれている紙を手に取り、注意深く折りたたみ、ブラウスに差し込んだ。「胸の近く、ここに入れておきます。最大のお土産です」と彼女は言った。時間が飛ぶように過ぎていき、彼女はまた飛び去らなければならなかった。彼女の飛行機の出発時刻が知らされた。搭乗口まで同行し、そこでふたたびしっかりと抱きあった。

「また会いましょう！」と彼女は言った。そして、セキュリテイ・ゲイトに入って行くとき、胸近くブラウスの奥深くに入れた、詩が書かれた紙を押さえた。

訳註1　ペール・ラーゲルクヴィスト（Pär Fabian Lagerkvist, 23 May 1891–11 July 1974）は、スウェーデン・スモーラド地方のベクショー出身の作家・詩人・劇作家・エッセイスト。一九五一年度ノーベル文学賞受賞者。最も広く知られる作品は「バラバ」（一九五〇）で、イエス・キリストの身代わりに釈放された犯罪者バラバの数奇な運命を描いた傑作。

第三三章　高校生の授業評価

私は、サロニカ大学（Salonica University）を卒業してから三か月後の一九六八年一二月に、教育省（the Ministry of Education）より、ロードス商業高校（the Commercial High School of Rhodes）の英語教師に任命された。そして一九七〇年六月の終わりまでこの職を務めた後、辞職した。同じ年の七月に、通訳及びアナウンサーとして『ボイス・オブ・アメリカ』(Voice of America)で働くこととなり、ワシントンＤＣへ行った。

ロードス島を離れるとき、私は一五歳の生徒たちに私の授業に対する評価をするよう依頼した。それには、私の指導法に対する彼らの意見を匿名で書くように、また、私自身の向上のために、主として私の短所を強調するように頼んでおいた。私は私の指導法を向上するべく、生徒たちの目を通して、賛成意見ではなくむしろ反対意見を知りたかったのである。最初は面食らっていた生徒たちだが、彼らの意見を書いてくれた。私の授業に出席した生徒と同数の五〇枚の回答が集まった。私はそのときの思い出に、これらを取っておいた。ここに、その中から私が無作為に選んだ一〇枚の写しがある。

一、先生、あなたの教え方はとてもよかったと思います。生徒はみんなあなたが好きです。それは一番目にはあなたがとてもいい先生だから、二番目には初めてぼくたちと一緒に旅行に行ってくれた先生だからです。あなたの服装はとてもエレガントでいつもきちんとしています。ぼくは友人や親せきにあなたの文化や人生について話すとき、とても誇りに思います。あなたがぼくたちに教えている英語は、たいへん役に立つということは、たぶん今後はっきりと証明されるでしょう。

二、ぼくの先生についてのぼくの意見――今ぼくは商業高校の三年生です。そしてぼくは三年間ずっと英語を学んできました。ぼくにはいろいろな先生がいました。初めは退屈していたこの科目の基本的知識を、K先生はぼくに教えてくれました。初日からぼくたちの新しい先生が授業で伝えたり、確認したりする方法に感動しました。今年になって、それまでに習わなかったことを、より短時間に楽しい方法で習いました。これは先生の言い回しの表現や、動詞句や熟語を使って示す先生の生きたお手本のおかげです。先生から得た基本的な知識のおかげで、ぼくが恐れや躊躇なしに入れたのは先生の教室だけでした。ぼくは、これからの人生に必要な役に立つ英語の知識を習得できたと信じました。また、今もなお信じています。

三、敬愛するK先生、ぼくが自分の意見を述べるように依頼されたことは、ぼくが一五歳になるまでありませんでした。ぼくはその時がきて、それができることを幸せに感じます。ぼくにとって、あなたの考えは一般的に比類ないと思います。あなたは他の先生方と何か違っています。あなたの話し方もまた独創的です。あなたは平和を愛し、もし世界がもっと平和を自覚すれば、あなたは幸せを感じることでしょう。あなたは議論のとき、何度かその問題をはるかに超えてしまいましたが、私たちによく助言を与えてくれました。ぼくはあなたと知り合いになれて幸せに思います。決して変わらないで、今のままでいてください。

四、今ぼくは商業高校の三年生です。ぼくは、教わったすべての科目の中では英語に一番熱心に取り組んでいます。少し前、学校は新しい英語の先生を任命しました。授業の一日目から、ぼくは先生がどのような人か推測できました。先生は授業に打ち込みました。つまりぼくたちに一所懸命理解させようとしました。授業中に冗談も言いました。先生は実生活の例をあげて、通例一〇分間かけて助言してくれました。他に印象に残るのは、先生が発音、文法、構文を教えることに非常に厳格だということです。それは他の先生にはなかったことです。それゆえ、ぼくは満足しています。先生は礼儀正しく、身なりもよく整え、かなりかっこいいです。ぼくは、ぼくたちが先生を失うことを悲しく思います。しかし先生が選んだ結論を喜んでいます。ぼくは、先生がお仕事の上で、良い業績を積むことができるように願っています。

五、ぼくたちが尊敬する英語のP・K先生は、ぼくがこれまでに知っているなかで、一番計画的に教える先生です。先生は背が高く、気品があり、仕事をきっちりし、勤勉で、そして公平です。教室に入ると、以前に先生が教えたことを生徒が習得したかどうかに、まず、授業を前回と関係づけることに注意を払います。先生には生徒に教えるための優れた方法がありました。まず新しい教材を配り、それからクラスの生徒たちが理解したかどうかチェックします。先生は礼儀正しく、非常に教養があります。　授業の最後には笑わせられました。先生は自分の教科以外についても話します。生徒はみんな喜んでいます、特にぼくは。欠点は見当たりません。

六、ぼくたちの英語の先生はK先生です。先生はいつも元気で楽しく、教科を上手に教えます。先生はぼくたちが自分の子どもであるかのように扱ってくれます。ぼくたちは先生からときどき生活に役立つたくさんの英語の言葉を習いました。先生は若くて、近代的な方法で授業をするので、ぼくたちは注意深くなり、そして楽に学べます。先生はぼくたちに礼儀正しく話し、紳士です。旅行ではとても親切です。生徒に話しかけ、ときどき生徒と遊んだりします。これがK先生。生徒が好きで、生徒は先生が好きです。

七、K先生は商業高校に存在する稀少な先生の一人です。先生はすべてにおいてすばらしく、試験の採点は時間どおりで、快活に授業を進めます。ほとんどの生徒は気に入っています。先生は採点するときは非常に公平です。生徒は役立つことを習っています。先生は自らを誇りすぎることはありません。そしてぼくたちの旅行にはいつも参加してくれます。先生はよく冗談を言いますが、長くは続けません。ぼくは

K先生のことを二番目の父親と思っています。先生はぼくが長い間知らなかった言語を教えてくれました。先生はぼくたちをそれほど長く教えてくれたのではないのですが、ぼくたちは多くを教わりました。ぼくは先生のことを心の中にしまっています。

八、ぼくたちの英語の先生――先生は英語コースの授業をユーモアと真面目さで進め、ぼくは大いに興味を持って一年間出席できました。先生はそんな優れた教師でした。ぼくたちは、英語だけでなく他の言語においても先生の発音に感心しました。それで先生を尊敬し、好きになりました。授業中、たいてい、先生は非常に立派で、英語で先生の知識を、ぼくたちがちゃんと理解できるように見事に授けてくれました。先生は立派な教師にふさわしく、身なりの良い服で学校に来ていました。すべてが素晴らしく、立派でした。先生は髪から靴までよく整えて、いつも清潔でした。先生はざっくばらんに話してくれました。オープンなタイプの人という意味です。ともかく、先生は申し分のない方法で教え、見事に責任を果たしながら、ぼくたち生徒を助けてくれました。

九、ぼくたちの英語の先生、K先生は尊敬すべき紳士で、非常に教養ある人です。先生の英語の発音はすばらしいです。先生の特徴としては礼儀正しさがあります。ぼくは先生に英文解釈を習いました。先生はまた、ぼくたちに礼儀作法を教えてくれました。先生は清潔であれ、年上を敬えと言います。先生は身なりを整え、ぼくたちに対する態度は穏やかです。先生の採点は公平で、ぼくは先生のことをとても気に入っています。先生は若く健康的で明るい顔と目をしています。ぼくは先生を一生忘れません。

一〇、ぼくの先生！　ほぼ一年を一緒に過ごし、兄や父のように好きでした。そしていつもそばに居たいと思っていた先生です。なぜ？　ぼくは先生に会うことが、話を聞くことが、先生の発するどの言葉も取り入れることが好きだったからです。ぼくにとって、先生はいつも、この美しい島を知るために、また小枝にとまって歌うために遠くから来た小さな小鳥でした。これからもそうでしょう……しかし、ぼくたちはそれを守り、抱きしめることが出来ませんでした……ぼくは先生が愛情込めて発音し、大事なもののように差し出し、教えてくれた言葉を心に留めました……たとえ、ぼくたちのもとに帰ってこなくても、この小鳥をぼくは決して忘れないでしょう。しかし、これはぼくが待ち望んではいけないということではありません。なぜなら、何かがぼくに、小鳥が確かに戻ってくると予言しているからです。

第三四章　一夜のマイ・オデュッセイア（訳註1）

アメリカ人の友人が定年後にマルタでヨットを購入したのだが、私が現地に行き、コルフ島（Corfu）にそのヨットを運ぶよう手伝ってくれと頼んできた。彼は船長の息子であり、航海を愛していた。

その船は、夏中、数か月間、ヴァレッタ（Valletta マルタの港町）港に係留されていた。私は船旅の経験はあるが、ヨットの所有者が船長の資格をもっているのに、私自身は船長の資格などなかったのである。

ホーマーの韻文に描かれている、ユリシーズ（＝オデュッセウス）が流浪したその海を航海するという考えが気に入り、私はそこに行ってみることに決めた。というのも、メッシーナ海峡（the Strait of Messina）という神秘的な場所、つまり、ユリシーズが船員たちの耳に蝋を詰めて聞こえないようにし、さらに自分が海に飛び込まないようにと、船員たちに彼をマストに縛りつけさせたというその場所を見てみたかったからである。ユリシーズは、このようにしてセイレーン（Sirens）の美しい歌声を聴いて楽しむことができたのであった。ところで、セイレーンとは、美しいが不実な女性の生き物で、近くを通る船人を彼女たちの魅力的な音楽や歌声で誘惑し、彼女たちの住む島の岩場の海岸で船を難破させたのであった。古代を研究する学者たちの中には、セイレーンの島を、花が咲き誇る島、アンセモエッサ（Anthemoessa）、あるいはアンセムサ（Anthemusa）であるとする説がある一方で、パエストゥム（Paestum）の近くのシレヌーセ（Sirenuse）であるとする説もある。

私が出発する前に、以前、私の学生だった者が私のアシスタントとして同行させてくれないかと頼んできた。当時、彼は二五歳で私は三三歳であった。私たちは、ブリンディジ（Brindisi）までフェリーに乗り、そこからレッジョ・カラブリア（Reggio Calabria）まで列車で旅をした。さらにそこから約三マイルほどの近距離ではあったが、再びフェリーに乗ってメッシーナ海峡を横断した。

私が思い出すのは、このフェリーで、私のことをイタリア人だと勘違いしたシチリア島民の農夫である。というのも、私がネイティブ並みに、イタリア語を話すことができたからだと彼は言うのであった。彼は、私が外国人であることを信じられなかったため、私は彼に自分の青いギリシアのパスポートを見せなければならなかった。私は、それまでイタリアに行ったことはなく、イタリア語は本で学んだと彼に言った。

"Complimente, professore!"（「素晴らしい、教授！」）と彼は言い、フェリーのバーで一杯飲もうと誘ってきた。私もまた、自分がイタリア語でこれほどまで上手に会話が通じたことで、自分自身を褒めてやった。この言語は、一七歳の私が初めて恋した言語であった。もちろん、そこでは、セイレーンの兆しも音もなかった。セイレーンは、観光客がやって来るようになったためそこからいなくなってしまったのだと、そのイタリア人は言った。私たちには、セイレーンの美しい歌声はまったく聞こえなかった。私たちに唯一聞こえたひどい音は、バーから繰り返し流れてくる馬鹿馬鹿しいビートルズの曲であった。

一杯飲んだ後、間もなく私たちはメッシーナに到着した。そこから私たちは、列車でシラクサ（Siracusa）という古代ギリシア文化におおいに関わる都市に行った。私たちには、石で造った古代の野外劇場と、六千人のギリシアの兵士が哀れにも死んだ狭い洞窟を見る時間しかなかった。

私たちは、シラクサからきれいなフェリーに乗ってマルタに行った。ヴァレッタ港で「ヴァランドラ号」（"Valandra"）というヨットに足を踏み入れた瞬間、その船の豪華さは一目瞭然であった。その船は、英国で製造され、パーキンス社のエンジンを備え、定員が八人であった。「ヴァランドラ号」は、美人系のヨットではあったが、正真正銘、何か月間も放っておかれた美人であった。強い直射日光にさらされていたため、その肋材は縮んでいた。そのヨットは、外海に出る前に、水漏れを防ぐ必要があったのである。このヨットのこうした修繕は、所有者が思いつかなかったためか、あるいは、その所有者が、アメリカ人がよく言うところの「大馬鹿者」（"ignoramus"）であったために、なされていなかった。

深夜、私たちは行程の半ばを進んでいたのだが、私は階下の調理室に飲み物を取りに降りて行った。しかし驚いたことには、私は調理室のドアを開けることができなかったのである。ヨットの肋材を通って侵入した海水が調理室の床に溢れ出ていた。そのヨットは、最も近くの四二マイル先にあるシチリア島のポッツァッロ（Pozzallo）港に到着する前に、数時間のうちに沈没しそうであった。私はこの悲惨なニュースを二人の男たちに知らせようと、急いで二階に駆け上がった。

彼らが調理室に降りてきて、あふれ出た水を見るやいなや、ヨット所有者は、即座に心臓発作をおこし、薬を探し始めたのである。一方、役立たずの私のアシスタントは落胆し、死んだようにじっと横になってしまった。私は、これまでこんなに卑怯な類の男を見たことがなかった。私は彼に、死ぬ前に頑張らなくてはと勇気づけたが、まったく効果はなかった。彼は、絶望して泣きじゃくっていた。

ありがたいことに、私はこのような困難に見舞われたとき、何をすべきかを知っていた。私はバケツを持ち、窓から水を放出し始めた。その後、数えきれないほど何杯もの水を汲み出した。一杯、また一杯と、おそらく千回以上であったろうか。身をかがめ、汗まみれになってバケツで水を汲んだため私は疲れ切ったが、水位が下がり始め、やがてそれが私のくるぶしまで下がってくるまで、繰り返し水汲みを続けた。それから私は舵に突進し、ポッツァッロ港の灯台を一直線に見て、ヨットを制御してそこに向かった。

五時間以上もの苦しい時が過ぎ、その間、私は舵の後ろに立ち、港の灯台の瞬く光にじっと目を据えていた。あるときには、安全な港を見つけようと海を漂った古代の先人であるユリシーズのことを思い、私自身はまだラッキーだと思った。なぜなら、ユリシーズの時代には、近代的な灯台などなかったからだ。いや、しかし、彼には勇敢な仲間がいた。またあるときは、私は詩人であるゲーテが絶体絶命の危機的状況における勇気について述べたことを思い出した。それは、（訳注2）「勇気を失えば、全てを失う」である。また、その合間に船乗りを守ってくれる聖ニコラスに私たちの命を助けて下さるよう祈っていた。この夜は、まさに一夜のマイ・オデュッセイアだったと言えるであろう。

　そしてとうとう夜明けに、私はシラクサに行く代わりに、やっとのことでポッツァッロの港に到着した。その港の人々は、親切にも私が船を係留する手助けをしてくれた。間もなく救急車がやって来て、手当てをするためにヨット所有者を最寄りの病院に連れて行ってくれた。運よく翌日に、彼は自分の足で立つことができた。私の旅の道連れでありアシスタントとされていた彼はというと、無料のご馳走を食べるときのみのアシスタントであったことが明らかになった。その港で、彼は水に潜って体を冷やしたいと言った。水から出てくると、彼の毛深い身体は漏れ出た濃いオイルの膜に覆われていた。まもなくして、ヨット所有者は彼に帰りのチケットを与え、彼宛てに荷物を送った。後に、その所有者はそこでヨットを売却し、私たちの行く先は別々になった。しかし、私たちの友情は壊れることはなかった。というのも、彼は、フロリダの彼の新しい家に、一か月間、私をゲストとして招待してくれたのだから。

訳註1　『オデュッセイア』（The Odyssey）ホーマー作とされる大叙事詩で、トロイア戦争から凱旋の途次の一〇年間のオデュッセウスの漂泊を述べる。

訳註2　四世紀ごろの小アジア、ミラの大司教。ロシア、子供、船員、商人などの守護聖人。サンタクロースはこの名から。

第三五章　パクソス島のエイレネ

コルフ海峡を通過するフェリーボートの上で、私は一人の若い婦人に出会った。その人は南の方に穏やかに現れたパクソスの島を指さして、私に言った。「あれが私の故郷よ！」私は彼女の容貌を見てかなり面食らった。彼女はパクソス出身とはとても思えないからだった。

「パクソス生まれにしては、あなたは明るすぎる金髪ですね」と私は言った。「そもそも、あなたのギリシア語には微かななまりがあって、こんなことを申し上げてよろしければ、あなたはドイツ人かオランダ人かそのあたりではありませんか？」

「ええ、ご正解！」彼女は真珠の歯並びをこぼすような微笑と共に答えた。「ドイツ人として生まれましたが、ギリシア人であることを選択しました。パクソス出身の人と結婚し、数年前にそこに落ち着きました。私はそれ以前からドイツ文学とギリシア文学とを学んでいました。そして間もなくして、休暇でギリシアにやって来たのです。」

「すると、あなたは私たちの一人と言うわけですね」と私は言った。

「半分はね、なぜなら私のベターハーフ、つまり伴侶はギリシア人ですから。」

「まあ、近頃は珍しい現象ではありませんが」と私は言った。「夏休みにコルフにやって来た女の子たちの何人かがギリシアの男たちと知り合いになる。彼女たちは彼らと恋に落ち、結婚することになる。私はたまたまコルフの英国総領事館でフリーランスとして書類の翻訳をしています。そして、女の子たちが正式に結婚するのに必須の出生証明書を訳します。こうした結婚のあるものは長続きしますが、多くの場合は間もなく別離を迎えます。主な原因は、ものの捉え方・感じ方の相違です。ギリシアの女の子はイギリス男性の良き妻となれますが、イギリスの女の子はギリシアの夫には向いていません。イギリスの夫はギリシアの人よりも気配りがあります。私はこれを知っています、なぜなら私は出生証明書だけでなく、離婚証明書も翻訳したからです。」

「まあ、」と彼女は言った。「有難いことに、私には離婚の必要はありません。私の結婚は盤石です。確かに、今は終わった修羅場のような局面を幾度か通り過ぎましたけれど。以前船に乗っていた私の夫は、彼の口癖によれば、すべての大陸のすべての港を見終わって、海外を旅するのはやめようと決め、漁師になりました。私たちは彼の古い家を徹底的に改装し、ペンションにしました。上に六部屋あり、階下はいわゆるギリシア式バーのついた軽食堂です。ちょうど海に面しているんですよ。彼は毎日の漁獲を提供してくれ、私は料理人で、会計係でもあります。」

「あなたはあの島が気に入っていらっしゃるのですね、そして私はあなたが幸せそうなのでうれしいです」と私は言った。

「幸せそのものというわけではないの、自分の子供を授かるまではね。私たちは男の子を一人養子にしたし、私は彼を愛しているの。でも、私はまだ物足りないの、自分自身で子供を産むまで、できれば女の子をね。今、医学療法を受けているの、そして指をクロスさせてお祈りの仕草をしながら、たくさんの努力の後で、妊娠するよう願っているのよ。ヨアニナの大学病院に徹底的な検査と治療を受けに行くところなの。私の幸運を祈ってね！」

「もちろん、あなたのために最大級の幸運を祈りますとも」と私は言った。「私はこんな例を英国で知りました。そこの一〇年来のカップルが一人の子を養子にしました。すると一一年目に彼等自身の子を授かったのです！」

「そうね、私も似たような例を耳にしたことがあるわ。希にだけれど、無いわけではないわ。本当をいうとね、私は女の子が欲しいの。その子のために考えていることがあるのよ、何を着せようとか、何を食べさせようとか、どんなふうに世話をしようとか、どう教育しようとか、彼女を私と一緒に漁船に乗せるとか……私は自分の子供を自分で生みたいの。もらってきた子、アレクサンダーは彼女の兄になるわ。私は彼女に名前まで選んであるのよ。エイレネ、平和という意味よ。」

「そうですね」と私は言った、「あなた方はパクソスで暮らすわけですから、お子さんの名前は島の名前に関連しているものが良いでしょう。エイレネもピースもラテン語ではパクス、平和です！　彼女のラテン名はパクスになるでしょう、そして多分、あなた方はアレクサンダーにも一つ名前を加えて、アレクサンダーパクソスと呼んでください！　そして、あなた方が二人の子供を持ったら、その子たちをパクスとパクソスと呼びます！　するとあなた方はパクソス島にパクス、平和をもたらすのです！」

彼女は笑った。

「でも、申し訳ない」と私は付け加えた。「私たちは誰からも紹介を受けていませんね。イギリス人は紹介されない限り、互いに口をきかないものなのです。でも、あなたはドイツの方ですから。」

「ええ、本当ね」ともう一度笑いながら彼女は言った。「でも、それは過去の習慣でしょう。ところで、私の名前はベアテです」と、私と握手するために、やさしく手を差し伸べた。

「お近づきになれて嬉しいです」と私は言った。「ベアテは〝祝福されたもの〟という意味ですね、違いますか?」

「本当に」と彼女は言った。「でも、自分の娘を産めれば、私はもっと幸せでしょう!」

「そうですね、古代ギリシアの詩人テオクリトスの言葉がありますよ、人は希望しなければならない、なぜなら、明日はもっと良くなるだろうから」と、私は言った。

ほほ笑みながら彼女は答えた。「まあ、すてきね。パクソス島のパクスとパクソス!もう一つの考えが今ひらめいたの。私達の船に〝パクスとパクソス〟という新しい名前を付けるの。これどう思います?」

「船に良い名前ですね」と私は言った。

船旅は一時間と少し続いた。そしてまもなく私たちは固い大地——イグメニツアの港に上陸した。そこで私たちは別れた、なぜなら彼女は上の道をとり、私は下の道をとったからだ。彼女はイオアニナの婦人科医学の教授の診察を受けに行き、私は会議に出席のためアテネに行くところだった。しかし、私はパクソスを訪れたことがなく、次の夏には行くつもりだと彼女に伝えたので、私達はアドレスを交換していた。別れにあたって、もう一度彼女の幸運を祈り、付け加えた。

「忘れないで、あるギリシアのことわざは、山々が出会わないだけだ、人々は再会すると言っています。」

数か月が過ぎ、私はパクソス島からの電話を受けた。それはベアテが子供を授かったことを知らせるものだった。女の子だ！

「私の娘が生まれたの」と彼女は喜びにあふれる声で言った。「そして私たちは来週教会でその子に洗礼を受けさせる予定なの、八月一五日聖母マリアの日にね。私たちは彼女にエイレネ・マリアと名付けるでしょう。あなたをご招待します。私たちのペンションにあなたのためのお部屋を用意しました。どうぞいらしてください！」

私はリュックサックに荷物を詰め、その小さな島に向けて船に乗った、そこで私はその一家に会い、パクソス島のエイレネ・マリアのとても素晴らしい到来を体験した――優美にほほ笑む赤子――女の子だった。彼女の洗礼式の後、その子の両親によってパーティが開かれた、彼らのペンションの食堂で五〇人くらいを招いて、素晴らしい海の幸とその地方の甘いヴァイオリンで奏でられる音楽があった。私はその時気に入った曲の最初の数行の歌詞を今でも覚えている。

人生を楽しまない輩（やから）は死なねばならない
なぜなら、彼らはこの世の空間を占めているだけだから。
They who don't enjoy life must die,
for they only take up room in this world.

第三六章　ある勇士の骨

ロレンツォ・マヴィリス（Lorenzos Mavilis 一八六〇―一九一二）は詩人で熱烈な愛国

者だったが、一九一二年一一月二八日トルコの支配からエピルス地方（Epirus ギリシアとアルバニアにまたがるイオニア海沿岸の地域）を開放するための志願兵として戦っているときに戦死した。五二才で、彼は将校の階級でガリバルディ（訳註1）（Giuseppe Garibaldi）義勇軍に参加した。彼が倒れた戦場はドリスコスの丘で、イオアニナ市の東三〇キロあたりの距離に位置していた。

　マヴィリスの倒れた地点の近くに小さな修道院があって、それは壁に書かれた文字によると一五八三年までさかのぼるということだった。その基礎の石の下に新鮮な水のあふれる泉がある。今は巨大な一本のプラタナス、その地域の羊飼いたちが呼ぶには「自由の木」だが、その木がトルコの銃弾がマヴィリスの喉を見つけて彼を地獄へ送った場所に生えている。マヴィリスは息を引き取る数分前にこう言うことが出来た、自分はこのような名誉を望んではいなかったと。

　マヴィリスは彼が倒れたまさにその地点に埋葬されている。そして彼の墓石は彼の祖国からもほとんど忘れられた。しかしながら一九三三年に、そこから少し離れた人目に付く場所に記念碑が建てられ、その英雄的詩人の骨は、丁重な敬意をもってそこに安置された。その記念碑は素朴で、手の込んだものではなく、一八二一年のトルコに対するギリシア独立戦争の戦士クレフテスの墓に似ている。

三四年間、勇士の骨はそこに平和に眠り、訪れる者は近隣の村からやってくる羊飼いの男女だけで、彼らは時おりオリーヴオイルのランプを灯し、時には野草の花束を供えたりしていた。道という道は無く、ただ細く人跡がたどれるだけだった。

一九六七年の秋の嵐の日に落雷がマヴィリスの記念碑を直撃した。それは記念碑の石と彼の骨の納められていた鉄の容器を砕いて、それらを無残にも周囲にそして丘の裾まで散らばらせた。そこにランプを灯そうとやって来た羊飼いは、自分の目が信じられなかった。光景に肝をつぶした。骨が一面に散っている！ 彼はすぐヴァシリキの村まで丘を駆け下り、コスタス・ベネコス（Costas Benekos）先生に告げ、他の村人たちと丘を登ってその聖地に近づいた。彼等は散らばった骨を集め、布の袋に入れ、セント・ニコラス教会の祭壇のわきに納めた。後に保護のために、骨はオークの箱に入れられた。

このニュースが、マヴィリスの育った場所で、彼がガリバルディ軍に参加するまで暮らしていたコルフに達すると（彼は一八六〇年にイサカ島で生まれたが）、コルフの市長はヴァシリキ地域の代表に手紙を書いてその御骨を安全に保存するためにコルフへ移送する許可を求めた。地域評議会の会議の後、七一歳の代表スピロス・キツァキス（Spyros

Kitsakis）は、一六才でマヴィリスの軍に伝令として参加していたのだが、その骨を移送するどのような許可も与えるべきではないと主張した。評議会の会員たちも村の全住民たちの感情に呼応して満場一致でこれに賛同した。

コルフへの返答は否定的だった。彼等の決定を正当化する理由として評議会は彼等の拒否をいくつかの点に基づくものとした。勇士の骨は、歴史的・国民的理由から、彼が倒れた場所から動かされるべきではない。勇士自身の魂は、自らの血を流して聖別し自分を犠牲にした場所を放棄することを望まないだろう。ガリバルディでなくとも地元の仲間でなくとも、彼の指揮下でそこに倒れた戦友たちから彼は離れたがらないであろう。マヴィリス無きドリスコスも、ドリスコス無きマヴィリスもありえない。勇士の骨は現在建設中の記念霊廟に納められるであろう。

コルフ市長とヴァシリキ評議会の代表の間での往復書簡の中で、後者はこのように述べていた。

「マヴィリスの犠牲以来、ドリスコスの丘は国民の神殿となっています。テルモピュライでその配下の三〇〇人と共に倒れたスパルタの王レオニダス（Leonidas ？―紀元前四八〇）の骨をスパルタに戻そうとは誰も想像だにしないのですから、我々もマヴィリスの骨をコルフへ移動しようなどと考えられません。つまるところ、これは評議会の決定と言うだけでなく、この地域全体の住人の満場一致の決定でもあるのです」。最後にはコルフ市長は納得させられ、彼と彼の評議会はその骨がそこに留まる事に同意した。

多くを地元からの寄付により助けられて、高さ四メートルの切り石の記念碑が（避雷針付きで）同じ場所に立てられ、勇士の骨は戦友たちと共にそこに納められている。今や勇士の骨と彼の仲間たちの骨とは、彼らがその解放のために戦った場所を見渡す場所に安らかに眠っている。

私自身その記念碑への先ごろの巡礼に際して、勇士の骨がギリシアの国旗で部分的に覆われているのを見た。近隣の村落マツィア出身の引退した陸軍中将コンスタンチン・グルバチス（Constantine Gurbatsis）とそこを訪れたのだ。

記念碑に野草の花束を手向けてから、私は学生だった頃マヴィリスに捧げて書いた詩の最後の数行を思い出した。

死にゆく前に　彼は最後の言葉を発した、

湖の向こうのイオアニナの方に彼のしっかりした視線を向けて。
「私はこの戦いに多くのものを期待していた、
しかしそれはわがギリシアのために私の命を捧げるという
大いなる名誉を授かるためでは、決してなかった！」

Before dying he uttered his last words,
casting his gaze at Ioannina over the lake:
"I expected much from this Struggle,
but never to receive the great honour
of sacrificing my life for my Greece!"

訳註1　ガリバルディ（一八〇七―一八八二）イタリアの政治家。義勇軍を組織してイタリア統一運動で活躍した。

第三七章　逆戻り！

バーミンガム大学大学院で学んでいた私は、一九七四年七月、英国からギリシアへ戻った。そこで私はギリシアが国家総動員体制下にあることを知った。トルコ軍がキプロス（Cyprus）に侵攻し、悲惨な戦闘が続いていた。六五機のトルコ軍機がキプロスの上空を飛び、アメリカ製のナパーム弾を市民の上に落としていた。恐怖と混乱が支配していた……。

ある晩遅く一人の警察官が、イオアニナ（Ioannina）の私の家を訪れた。私は招集令状を手渡され、ギリシア軍総動員体制のもと、約一五〇キロ離れたトリカラ（Trikala）の第九分隊本部に早急に出頭するよう命じられた。私はそこで予備役将校として、特別奇襲隊の小部隊を指揮することになった。

令状をもう一度ゆっくり落ち着いて読んだ後、身の回り品をスーツケースに入れて、すぐに小さなフォルクスワーゲンを運転し、カタラ（Katara）峠を越えトリカラへ向かった。夜明け前に分隊に到着すると、将校が私に指令とともに、記章のついた制服と回転式ピストルをくれた。そして私の配下の兵士たちが集まって待っている場所を教えてくれた。彼らのおかげで、正午前には行動開始の準備ができた。私たちの任務はテンピ（Tempi）盆地を通り過ぎ北へ進むことだった。

私たちは軍のトラックに乗って涼しい谷を過ぎ、翌日オリンポス山の東の山裾にあるリトコロン（Litochoron）で野営した。その時の具体的な任務は、北から侵入して来る敵の兵力を遮り、谷と橋を防御することだった。私たちはそこでテント生活をし、次の軍事行動の準備をしながら一週間を過ごした。とても暑い天候だった。ギリシアでは七月が一番暑い。

ある午後少佐がやって来て、私の配下の小隊に話してほしいと言った。彼はキプロスに行って戦う志願兵を徴募していたのだ。私は行く意志があることを表明した。当時私には学ぶことより他に義務はなかったし、学ぶことは後に回すことができたから。一九五〇年代の高校生の時からずっと志願兵としてキプロスに行きたいと思っていた。そして今や格好の機会が来たのだと思った。配下の兵士たちのうちのおよそ二〇人と三人の下士官と共に私は手を挙げた。

大佐は、私たちに、「すぐにリュックサックの準備をして本部のオフィスに行き入隊しなければならない」と言った。まさにその夕方私たちは入隊した。その同じ日の夕闇の中、二台のトラックでサロニカ（Salonica）のミクラ（Mikra）空港に行き、そこでダコタ式の空軍機に乗った。目的地はパフォス（Paphos キプロスの南西部。アフロディテ崇拝の中心地）空港だったが、途中クレタ（Crete）のヘラクリオン（Heraklion）を経由し、そこで燃料を補給する予定だった。

私たち三六人は正式な特別奇襲部隊で、将校一人、軍曹一人、伍長三人が一緒だった。その夜、飛行機でエーゲ海を渡り、キクラデス（Cyclades）諸島を越えた。島々の灯火がぼんやりと見えた。パイロットは左手にナクソス（Naxos キクラデス諸島中最大の島）が見えると言ったが、誰も注意を払わなかった。私たちは冗談を言ったり歌までうたったりで忙しかった。戦いにではなくて、まるで村の祭りか結婚式に行こうとしているかのようだった。言い換えると、小隊の「士気」はとても高かった。

操縦室の薄明かりの中で、伍長の一人が首にかけた小さなイコンを指でまさぐり、黙って祈りながらそれにキスし始めたのに私は気付いた。理髪師を仕事にしていた兵士が、その伍長の信心深さをからかうように言った。「伍長、トルコの若い娘たちがキプロスでおれたちを待っているように祈ってくれよ！」

「黙れ、まぬけの散髪屋め！」軍曹は叫び、彼に静粛を命じた。私はことさら仲裁はせず、聞こえないことにした。隊のまとまりが欲しかった。こんな冗談はいらなかった。私たちは無事ヘラクリオン空港に着陸した。その空港は十六年前に訓練を受けた予備役将校訓練学校からそう遠くないところにあった。四角いその建物が見え、そこでのスパルタ式訓練の情景を思い出した。

燃料の補給とエンジンのチェックのため三〇分とどまった後、パフォス空港をめざし東に向けて再び離陸した。冗談好きの散髪屋がパフォスという名を聞くと、私のところに来て真剣に尋ねた。

「隊長、失礼ながら、聖パウロがパフォスの町を訪れたとき、パフォスの人々は彼にひどい仕打ちをしたというのを聖書の中のどこかで読みました。本当ですか？」

「そうだね、聖書に書いてあったのなら、ほんとうだ。」私は言った。

「同じようなことをおれたちの部隊にしないでほしいよ。」彼は言った。あと沈黙が続いた。

まさにその瞬間、私たちはクレタとキプロスの中間にある小さな島カステロリゾン（Kastelorizon）の上を飛んでいた。突然そのとき、無線の通話を終えたばかりのパイロットが、私にもっと近くに来るように言った。彼はとても緊急かつ重要なことを知らせたかったのだ。彼は、すぐにヘラクリオンに戻らなければならないという電話を、上官から受けたところだと言った。任務は中止されたのだ！　私たちは逆戻りしなければならなかった。つまり地上に降り立つのではなくて、上空に舞い上がり、クレタへ戻らねばならないのだ。パイロットは静かに機を一八〇度旋回させ始めた。私は信じることができなかった！

座席に戻ると、私はただちに「秘密をあかし」、部下たちに知らせるべきだと思った。私たち小隊の任務は突然中止になり、もとの部隊に戻らなければならなくなったのだということを。それについて何も言うことはない！　志願兵たちはその知らせを聞くと、ほんとうに驚いた。機内にざわめきと動揺が数分の間続いた。皆が静まると、私は言った。「何も言わないでくれ！　命令は命令だ。」

戻る飛行機の中で、私は「ことを図るは人、決めるは神」ということわざを思い出した。何か大きな力が帰還を命じたのだと思った。誰もなぜ任務が中止されたのか説明しなかった。私たちは、詩人が表現したような、「ちょうど夜明けがその赤いバラの花びらをまき散らすとき」に、クレタの地に着陸した。

アテネに飛ぶ前に、ヘラクリオン空港でパイロットやエンジニアとコーヒーを飲みながら、私は彼らに次のように言った。「ジャーナリストのフィリップ・ディーン（Philip Deane）の書いた『殺されることになっていた』（*I Should Have Died*）という題の本で読んだ内容を思い出したが、おそらくその命令は『象』によって発せられたのだろう」と。

十年前の一九六四年の六月に別の危機がキプロスで起こったとき、ホワイトハウスで催された会議で、リンドン・ジョンソン（Lyndon Johnson 米国第三六代大統領）大統領とワシントン駐在のギリシア大使アレグザンダー・マタス（Alexander Matsas）との間で次のような会話がなされた。

「大統領閣下、ジョージ・パパンドレウ（George Papandreou）首相がここワシントンで数日前に閣下にお話ししたように、ギリシアの国会はアチソン（Acheson トルーマン大統領時代の米国国務長官。ジョンソン大統領からキプロス問題の解決策を要請される）のプランを受け入れることはできませんでした。どんな事態であれ、ギリシア憲法はギリシア政府がギリシアの島を譲ることを許さないのです。」

「では大使、聞きたまえ。くそっ！　きみの国の国会や憲法が何だ！　アメリカは象だ。キプロスは蚤だ。ギリシアは蚤だ。もしこの二匹の蚤が象をいらいらさせ続けたら、その鼻でひっぱたかれるかもしれないぞ。しかもこっぴどく。」

「この飛行中止命令はあのいらいらした『象』、あるいは誰かギリシア以外の最高司令官によって発せられたのだとは思わないかい？」私は彼らに言った。

「大いにありうるよ。歴史は繰り返すから。」パイロットは言った。

「しかもしょっちゅうだよ。」エンジニアが付け加えた。

第三八章　カナダでの授業

一九九一年の夏、カナダのニューファウンドランド島にあるメモリアル大学（Memorial University）の古典学部から招待を受けた後、私は飛行機に乗ってそこに行き、一つは、翻訳によるギリシア文学、もう一つはギリシアおよびローマ神話という二つの講座を受け持った。二番目の講座の最後に、私は学生たちに三〇分の時間を与え、無記名で一枚の用紙に講座の評価を書くよう頼んだ。それが実施されて、私はその講座に出席した学生と同数の四〇枚の用紙を集めた。私は、カナダでの授業経験の土産としてその用紙を保管しておいた。この四〇件の意見の中から、私は例としてここに無作為に四件のみを抜粋する。そうするのも、それらの意見が客観的で真実のみを述べていると考えるからである。注意深く写したものを以下に示すことにする。

一　まず、私はどの講座も時間の浪費ではない、とりわけ先生の講座はそうではないと感じています。先生が、とがめだてせずに自由なディスカッションや様々な見解を表明することを許して下さったことが、私にとって特に楽しかったです。先生が、大きな声で読むようにと学生を励ましたことは素晴らしかったです。というのも、もし耳で聞いて感じるということがなければ、どうやって人は真に詩を鑑賞できるのでしょうか。私はまた、すべての人を神ではなく人間として接して下さる先生の姿勢に好感を持ちました。あまりにも多くの人々が、あまりにもしばしば、ほとんど不可能なほどのことを期待します。そして、教授たちの試験や採点は、しばしばこうしたことを反映しています。しかし、先生は私たちを完璧ではありえない人間として扱って下さり、私たちの弱点を程よく考慮し、思いやりや理解を示して下さいました。先生は、私の尊敬を勝ちとりました。もし来年、戻って来られるのでしたら、私はもう一度、先生の学生になりたいです。先生は学習することが楽しみとなるような方法、つまり、押しつけではなく、リラックスして学ぶというやり方で指導して下さいました。

二

この講座は、古代の世界をより身近なものとして見るように、私を鼓舞してくれました。個人的な経験を申しますと、私は、これまでに古典の講座を受けたことはありませんでした。今は、もしできれば、もう一つの講座も受けるつもりだということを認めなくてはなりません。もしできないのであれば、私は、きっと他の本を読みます。この講座は、これまで私が英語（文学）でやってきた他の講座とはまったく違っていました。この講座は、実に見聞を広めるものであり、これはもっとも大事なことですが、興味深いものでありました。本を読むことは楽しみであり、本を読んでいると、時間があっという間に過ぎていきます。また、教授であるパノス・カロス博士（Dr. Panos Karos）に関して言うと、先生は「一陣の爽やかな風」でした。先生の授業は、退屈などではなく、喜びでした。それというのも、先生は学生に本のページ上の語句の知識を教えるだけではなく、自らの体験や試みを教えて下さったからです。教授が、授業だけでなく個人個人に興味を持って下さるのを目にすることは素晴らしいです。否定的な面についてのことというのであれば、何もありません。ただ、先生が恐らく親切すぎるということでしょうか。しかし、先生が（私をも含め）誰からも尊敬されていることは確かです。

三　先生の授業を受ける学生であることは喜びでした。私は、今で、三年間大学に通っており、これまで多くの教授に教えていただきました。私は教授を好きになると、その講座を容易に楽しむことができるということが分かっています。先生は、非常に親しみやすく、気さくです。先生は、私たちを単なる学生ではなく、友人のように話しかけて下さるので、私たちも先生の話を聞いて退屈になることはありません。先生がニューファウンドランドの滞在を楽しんで下さったなら嬉しいです。恐らくいつか、私は先生のお国を訪ね、お話し下さった素晴らしい物すべてを見に行くのを楽しみにしています。

四　まず第一に、この講座が大変興味深く楽しかったことに気づいたと申し上げたいです。これは、私がこれまでで初めて受けた神話の講座でした。しかし、もし可能であるなら、もっと勉強したいと確かに思っています。また、私は先生の講義が本当に楽しかったということと、先生の講義が実に情報満載で興味深かったということを申し上げたいです。先生は大変豊かな知識を持っておられ、短いですがこの数週間に先生からその知識の幾分かを戴く機会を持つことができて嬉しかったです。先生の授業スタイルは、とてもリラックスしていて、気のおけないものでした。そのため私が受けている他の講座とは違う、非常に新鮮な気分転換となっていたことに気づきました。できれば、将来、あなたが再び私の先生となってくださる喜びを味わえたらなぁと願っています。すべてにわたって、先生は何も変わらないでいてほしいと思います。

もちろん、私は学生たちのこうした意見を、私の残りの教授経歴のために心に留めておいたのである。

第三九章　犬の正義

犬や猫や馬が知能の高い動物で、人間にとって忠実な友人だということはよく知られており、疑いの余地がない。たくさんの事例がそれを証明している。私自身が経験した出来事について語るとしよう。その事例は、私が犬の側に知能のみならず利他的な感情と反応があるのを目撃したことを証明している。

コルフ（Corfu）島の私のお気に入りの場所は、コルフ市の一二キロばかり北にある海岸沿いの夏のリゾート村、ダッシア（Dassia）だ。エレアホテルと「地中海クラブ」に属するそのあたりの海岸沿いに、土産物店がある。その店は、本土出身のギリシア人とかつて結婚していたフランス婦人が経営していた。彼女は魅力的な女性だがもはや若くはない。

彼女の話では、ティーンエイジャーのときにコルフに来て、一人の青年に出会って恋におち、二人は結婚した。彼女はコルフを離れるのがいやだったので、ほんのたまにしかフランスに帰らなかった。こぎれいな彼女の店ではあまり高くないが珍しい品物を売っていた。店の外では、人なつっこい犬が客を迎える一方、アルゴス（Argus ギリシア神話に出てくる百の目を持つ巨人）の目で客を見張っている。

ジョン・キーツ（John Keats）はかつてある夏の午後を「うっとりするほど美しい」と表現したが、ちょうどそのような日に私はその店に行った。友人へのプレゼントを探していたのだ。店主は、ほんの少しフランスなまりがあるが流ちょうなギリシア語で、あれこれ説明しながら、いろいろな物を見せてくれた。

ちょうどさよならを言って、店の外に立っていたときだった……一人のギリシア婦人が、一〇歳ぐらいと思われる息子の手を引っ張りながらやって来た。彼はさっきいたところにもっといたいと頑固に言い張っていた。海でもう一泳ぎしたかったのだ。

とうとうその婦人は怒り出し、少年をしかり始めた。もう二度と海に連れて行かないからと彼女は脅した。それを聞いて、そのちびっ子は慰めようのないほど落胆した。それはギリシア古典劇の始まりだった。彼は地面にひっくり返って泣き、一インチたりとも動こうとしなかった。母親は大声で叫び、少年は泣き続けた……。

その間、犬は古典的な格好で手足を伸ばして伏せ、鼻を前足につけて、いつものアルゴスの目でその場面を見ていた。ドラマは悲劇的頂点に達しかけていた。

突然にその犬は立ち上がり、急いで仲裁に入った。母親の前に立つと彼女に向かって吠えた。とがめるような響きがあった。犬はあきらかに少年に同情し、味方していた。

母親は途方に暮れて、子供をむりやり地面から抱え上げようとした。犬は実際には彼女自体を咬まないように気をつけながら、彼女に襲いかかった。彼女のドレスの大部分を引き裂いて、半ば裸にした。彼女はショックと絶望のうちにその店に入った。中に入ると、彼女はグラス一杯の水をたのんだ。観光客用に陳列してあるドレスが彼女の目にとまった。店の主人は彼女を店の奥に連れて行った。彼女が再び現れたときは、ドレスを着て落ち着きを取り戻していた。

その間、思いやりある犬は、横たわっている少年に近づいて行った。しっぽを振りながら、少年の手と足をなめた。子供は立ち上がると、目をこすり、母親と一緒に立ち去った。それは海の方角だっただろうか？

しなければならないことをした立派な警官のように、犬はその場から去った。警官だったら、おそらく、最寄りのバーでウーゾ（ouso アニスの香りを持つ、ギリシアとキプロスで生産される無色透明のリキュール）を一杯ひっかけたことだろう。その犬はどうしただろうか？　またオリーブの木の下で前足に頭を乗せ、眠りについたのだった――正義が勝ったのだから。

第四〇章　若き日の詩

私は一四歳の時に詩を書き始めた。一九五〇年の夏、五月から八月まで私は約四か月間、山で羊飼いをした。私の相棒は犬とフルートだった。独学でフルートの吹き方を学び、多くの歌をおぼえた。私のレパートリーには三種類の歌が含まれる。シルトス(Syrtos)は主に村の祭りや結婚式の踊りの輪の中において踊られ、ツアミコスモ(tsamikosmo)も同じ様な機会に踊られる。またクレフティカ(the kleftika)は物語風のバラードである。私はその頃に演奏していて、たいへん流行っていた歌のいくつかのタイトルをいまだに覚えている。「若さよ、永遠に」「川のほとりの娘」「黒い服のエレン」などだ。そののち私は他の羊飼いのフルートや歌を聞くチャンスがあった。

ある日ひどく上機嫌になって、後で音楽の一部となる自作の歌を紙に書き留めた。私にはその歌が良いものかどうかまったくわからなかったが、近くの村の教師がその歌を聞き、私の詩を書いたノートを読んで、書き続けるように励ましてくれた。

のちに高校生のときギリシアの「新しいテオクリトス（Teocritus 紀元前三一〇―二五〇）」と言われた短命の詩人コスタス・クリスタリス（Costas Krystallis）の田園詩に親しむようになった。私の詩作への彼の影響は明白だ。その後すぐに、飾り文字付きでペン書きをした新しいノートを作り、その中にもっと洒落た詩を書きそのコレクションを「フルートの歌」と呼んでいた。その表題のページにテオクリトスの言葉からの引用を書いた。「田園のミューズ（ギリシア神話で人間の知的活動をつかさどる女神たち）たちよ、万歳！　他の羊飼いから聞いた私の歌が知られるようにしておくれ」と。私は私のコレクションが少し学究的に見えることを望んだ。

羊飼いの頭（かしら）で慈善家のアタナシオス・ザフォリアス（Athanasios Zafolias）が亡くなったとき、彼を知る多くの人がとても悲しんだ。強い悲しみに触発されて、私は自分から彼のために挽歌を書き、そのコピーを二部作った。彼の息子で優れた若者であるアギシラウス（Agisilaus）がこの挽歌を読みとても感動して、この詩を額に入れ父の墓に置いた。

彼が私の兄に、私が何か他の詩も書いているのかと尋ねたとき、私は学校にいた。私の兄は彼に「フルートの歌」という手書きのコレクションを見せて、彼は何日間かそれを借りていった。彼はそれを気に入ったようで、彼の父のために詩を書いた私に報いようとした。彼はトリカラの新聞アナゲニシス（Anagennisis）の印刷業者にコレクションを持ち込み、三〇〇部印刷するよう頼んで、一九五六年のクリスマス・プレゼントとして私にくれた。私はこの包みを受け取ったとき驚き興奮して、実際に何が起こったのかよくわからなかった。コピーの多くは友達にプレゼントとして渡し、何部かは売った。その中の一部のみ今でも持っている。

私の小冊子が出版されたとき、それは文学界を魅了はしなかったが少なくとも無視はされず、好感をもって受け入れられた。本の批評家はそれについて論評し、後で引用するように書いてくれた。ここに有名な批評家セラフィム・ツィツァス（Seraphim Tsitsas）が、アグラフィオティス（Agrafiotis）というペンネームで、ヴォロスのテッサリア語の新聞タチドロモス（Tachydromos「新報」の意）の冒頭に私の本を論評した記事がある。

「私はそれゆえにファルサラ高校の若い学生、アスプロポタマス谷の若鳥、パノス・カラギオルゴスに永遠のミューズがプレゼントを与えた事を嬉しく思う。彼はこのようにテッサリアのアグラファの山岳地方の人たちのすべての考え方や感情を歌うことができる。若いカラギオルゴスの詩の中に芸術の初期の閃き、才能の閃きが現れている。いつの日か閃きが魔法の光になるよう、彼が才能によってそれを強める事を望む。」

他の批評家G・パタラス（G. Patallas）は、ラリッサの週刊誌ネオン・ヴィマ（Neon Vima「新講壇」の意）で同年の九月に論評している。

「隠れた才能を持つ若い詩人。彼の精神は純真で山の澄んだ水のように透明だ。彼は山と森の人里離れた寂しい所に住んでいた。彼は俗世への愛着から遠く暮らしていた。この単純で清らかな詩人は強い意志を示し、詩の径に沿って不屈の道をたどっている。私はこの詩人を祝し、彼のすべての高尚な望みがかなうことを願う。」

しかし私は批評家がこの詩についてのべていることよりも、むしろ読者は詩自体をもっと知りたいだろうと思う。だから私はここに英訳された三つの詩を選びお目にかけるが、アメリカの詩人ロバート・フロストが読者に警告したように、皆さんにご注意申し上げる。「詩情は翻訳で失われる」と。

私が羊飼いだったら

主よ、私が高い山の羊飼いだったらなあ
そして緑の斜面に沿い野鳥や岩や
金髪のかわいい若い羊飼いの娘たちや
モミの木を仲間として羊の群れを先導できたらなあ

そうすれば私の群れを深夜めざめさせ
魔法のフルートを仲間と思い
空中を心地良い調べで満たしながら
谷の中や人里離れた場所をたった一人でさまよえるのに

I WISH I WERE A SHEPHERD

Dear Lord, I would I were a shepherd on the high mountains
And could lead my flock of sheep out along the green slopes
With fir trees for company and wild birds and rocks

And the blond and lovely young shepherdesses.
Then I could wake my flock in the midnight hours
And take for my companion my magical flute,
And wander in the valleys and remote places
Entirely alone ,filling all the air with sweet tunes.

夕映えの村

太陽は丘の上にしだいに落ちてゆく
金色の炎を雲と谷の上にまき散らしながら
空はおぼろに彩られ、星たちは恐れげもなく現れる
そして大地は紫色の衣装をまとう

農民は畑から疲れ切って戻って来る

クワが若い男女の背中にかつがれ
道の上には美しいフルートが聞こえ
羊の群が眠りにつくために斜面を押し合って降りてくる

THE VILLAGE BY THE SUNSET

The sun slides down and down upon the hills
Pouring its golden fires on clouds and dales,
The sky is painted dim, the stars dare appear,
And the land is dressed in its purple attire.

The workers come back weary from their fields,
Young men and girls, their hoes slung across their backs.
While over the way the sweet melody of the flute is heard
And the flocks surge down the slopes going to sleep.

質素な小屋で

私の質素な小屋には、失礼だが、気まぐれのためや
過度な要求をする客がくつろぐための快適さはない
しかし三脚の手作りの丸椅子がある
一脚はひとり居のため、一脚は友情のため
そしてもう一脚は誰であれ質素なもてなしを好む人のため

IN MY HUMBLE COTTAGE

In my humble cottage, sorry, but I have no comforts
For fancy and demanding guests to relax.
But I do have three hand-made stools.
One for solitude, one for friendship.
And one for any who would like plain hospitality.

もし興味をお持ちの読者が、なぜ詩の著作や出版を続けなかったのかと訊かれるなら、答えは簡単だ。すなわち、のちに大学生として、シェイクスピアのソネットやバイロンやハイネの詩（「いっぱいのお茶」のような）などの言葉の作品の最高傑作を学んで私は畏怖を感じ、自分の詩を書く代わりにこれらの傑作の翻訳に集中することに決めたのである。

読者からの感想

ジョナサン・ハドフィールド（英国　ケンブリッジ大学　修士）

私は広範囲の物語を楽しく読ませて頂きました。なかでも「ユリシーズの策略」には、私の心に大いに訴えかけるものがありました。それは、この話が鋭敏なものの考え方を象徴していると同時に、著者がギリシア人だけにできる方法でこれを語っているからです。

このコレクションのなかで古典的といえるのは「馬の抵抗」です。勇気、誇り、ヒロイズムといった、つまり「星のツバメ」によって示されたギリシア的なものが特徴づけているのは、理性のない獣ではなく、判断力と良識をもった動物でした。このとき無分別な畜生に成り下がったのは、ほかでもないドイツ軍の少佐だったのです。

これらの物語は、ペイソスに満ちあふれているばかりか、幾世代経っても変わらない戦争の野蛮と暴虐を充分に伝えていると思います。

メアリー・カラス（米国　ニュージャージー州　ラトガーズ州立大学　教授）

これらの物語は魅力的であり。またときには痛切であり、人の心を鼓舞し、また豊かにします。それでいて、見事なまでに簡潔、平易です。私はまた物語の多くに、繊細なギリシアの手法を見出すことができて、楽しく読ませて頂きました。

大部分の物語は著者の少年時代を扱っていますが、「若き日の詩」はとりわけ興味深く、これらの詩が十代という大変年若い少年によって書かれたとは信じがたいほどでした。

ウォルター・オー（カナダ　ハリファックス　ダルハウジー大学　教授）

これらの物語は、運命による過酷な辛さを読者に与えますが、同時に力強く、登場人物の性格、感情、また風景の鮮烈なイメージとなって読者の心に長くとどまります。読者はそれらをいつまでも見続け、聴き続け、その香りをかぎ続けます。

すべての物語において、そこにあるべきすべてのものは、そこにあります。そして最後の段落は、本を傍らに置いたずっと後まで、読者の心の中に響き続ける突然の内観の響きを伝えてくれます。著者の用語は、彼のお手本であるカリマコスのそれのように、簡潔で信頼に足るものです。それはいくつかの理由で、私にフランツ・カフカを思い出させます。しかしそこには疎外感や倦怠は存在しません。非難されるべきは邪悪な運命であって、社会ではありません。たとえ社会が、あまり秩序のとれていなかったギリシア内戦で、錯乱状態に走ったときでさえ。

これらはギリシアの精神の物語であり、大地への愛の文章であり、鳴り響く生の主張であります。これらの物語から、人は、西欧に「個」の概念を与えたのがなぜギリシアだったかを理解することでしょう。すべてのものが個性を生きるのです。

あとがき

二〇〇〇年七月、ロレンス・ダレル国際学会に出席するため、私はアテネで早朝のオリンピック航空に乗り換え、コルフ空港に降り立った。紺碧のイオニア海を眼下に眺めての至福の空の旅であった。そのとき、「ミチコー！」と大声で腕を大きく広げ、ハグしてくれたのが今作の著者パノス・カロス氏である。

当時コルフの大学で英文学教授をしていたパノスさんは、学会の運営に奔走しておられたが、中でもコルフ島の中を転々と移り住んだダレルの旧居をたどるエクスカーションは興味深かった。またセッション中膨大な書類の持ち運びに便利だった記念品の白いカバンの表面の青い文字のダレルの言葉は、海の青さの記憶とともにいつまでも私に語りかけてくれる。

「他の国々は、暮らし方や伝説や風景における発見を私にもたらしてくれる。しかしギリシアは、もっと堅固なもの、つまり自分自身の発見をもたらしてくれるのだ」。

さて、昨年パノスさんは私に大きな課題を電送して来られた。自分が経験したギリシアのナチ占領時代と内戦時代について書かれた四〇の物語を、「あなたに」、そして日本の人々に読んでもらいたいという要請であった。しばらく頭を悩ませた結果、長年続けている「英文ドラマを読む会」の人たちに声をかけたところ、一五人もの志ある人々の「訳を分担しよう」という声が集まり、今回の企てとなったのである。

一九四〇年のイタリア軍によるギリシア侵攻に続いて、一九四一年には、バルカン半島を南下したナチス・ドイツの軍隊によってギリシアは攻撃を受ける。その後三年余り続いたナチス・ドイツによる占領時代は、ギリシア人から彼らが最も大切に思う「自由」を奪った。その過酷な時代の後遺症は、のちのEU内部における両国の関係にまで及ぶといわれる。

日本にとっての太平洋戦争とヨーロッパの第二次大戦の終結は同じ一九四五年。ヒロシマ・ナガサキの原爆投下以前から日本の敗色は濃く、一九四三年五月のアッツ島玉砕を皮切りに、南方戦線の各地で日本軍の敗北が相次いだ。一九四五年に至って、硫黄島、沖縄の米軍による完全占領。東京・大阪など大都市に始まり、やがて米軍による大空襲は地方都市にも及ぶ。そして八月には原爆が二都市を襲い、壊滅的な打撃を与える。この時期私は一三歳で、通学途中での艦載機による機銃掃射も体験、学校は全焼、自宅の周囲も全面焼け野原で、その後の食糧難もよく記憶している。私と年代の近いパノスさんが、地上戦と故郷の焼き打ちを身をもって経験し、七〇余年経っても声高く「ノー・モア・ウォー」を叫びたい気持ちに満腔の共感を覚えるのである。

第二次大戦後の内戦もまたギリシア国民にとっては過酷極まりない経験であった。一九四六年から四九年にわたり、中道右派政府（米・英により支援）とギリシア人民解放軍（ナチ占領下、ギリシア最大のレジスタンス組織であった共産ゲリラ）の間の戦いである。このためギリシア国民はナチ占領下におけるよりも多大な被害を受け、死者五万、焼き討ちによって家を失った者五〇万に及ぶという。この間にギリシア少年が見たものは、酸鼻を極める残虐行為と、その中にちらと垣間見える人間性の灯であった。

第三部の自伝の物語でも、おおらかでユーモラスでちょっぴり皮肉なパノスさんの人となりがよく表れていると思う。ことに生活苦にもめげす四人の子供たちを立派に育て上げたお母さんへの愛情と感謝が胸を打つ。苦学して学業を成し遂げ、大学教授となり、学生たちにも慕われる様子が、少しばかり自慢げなほほえみに窺われる。ギリシアの小さな島に生い立ちながら、自分の意志と努力でヨーロッパの各地に旅し、学んだパノスさんの経験が、いくつかの西欧の言葉に通じ、それらの文化の橋渡しとなる翻訳を専門とされる現在のパノスさんを生んだのである。

この原書は闊達な英文で書かれている。「日本の皆さんに読んでほしい」というパノスさんの切望に、この日本語訳が充分答えられることを、同志の皆さんとともに望んでやまない。パノスさんも「この本が日本とギリシア、二つの文化の間の橋の一つになるように！」と書いてこられた。

最後に出版をお引き受け下さった溪水社の木村逸司社長と関係者の皆さまに厚くお礼を申し上げる。

二〇一八年二月

監訳者　川野　美智子

訳者と担当

後中　陽子　序文
川野美智子　第一部、推薦文、監訳
松井　育子　第一三、一四、一五章
入江　道子　第一六、一八、一九章
貫名美千代　第一七、二二章
三科　経子　第二〇、二一章
藤島　洋子　第二三、二四章
小林　春男　第二五、二六章
高阪千恵子　第二七、二八章
松浦　知子　第二九、三〇章
松本ゑつ子　第三一、三二章
川本　京子　第三三章
津田　直子　第三四、三八章
良田　玲子　第三五、三六章、一部監訳
八木美奈子　第三七、三九章
宮家　絹代　第四〇章

著者略歴

パノス・カロス（1937－）

ギリシア・テッサロニキのアリストテレス大学でギリシア文学、英文学を学ぶ。その後英国バーミンガム大学で学び、Ph.D.学位を取得。コルフのイオニア大学で教授。シェイクスピア、バイロン、イプセン、ハイネ、ダレルについて英国で著作を出版。『ベオウルフ』のギリシア語訳で受賞。ギリシアの国民詩人ソロモスとカルヴォスについて研究、著書あり。ギリシア・バイロン協会ほか三学会に所属。

監訳者略歴

川野　美智子

神戸市生まれ。京都大学卒、同大学院博士課程満期退学、英語英米文学専攻。
元佛教大学教授、文学博士。主要著作は『孤絶と連帯－一九四〇年代の英詩人たち』、『ディラン・トマス研究』、『英米文学の花園－英米文学入門』、『現代詩を告発する－アーサー・ミラー』、『T・S. エリオット研究』、ロレンス・ダレル『サッフォー』翻訳、など。

戦争はもういやだ！

——ギリシア少年が見たもの——

発行　平成30年５月15日

作　　者　パノス・カロス

訳者代表　川野　美智子

発 行 所　㈱溪水社

広島市中区小町1-4（〒730-0041）

TEL 082-246-7909／FAX 082-246-7876

MAIL: info@keisui.co.jp

ISBN978-4-86327-434-1　C0097